August Peters

Das Edelfräulein

Dramatisches Charakterbild in 3 Aufzügen

August Peters

Das Edelfräulein
Dramatisches Charakterbild in 3 Aufzügen

ISBN/EAN: 9783743363854

Hergestellt in Europa, USA, Kanada, Australien, Japan

Cover: Foto ©Andreas Hilbeck / pixelio.de

Manufactured and distributed by brebook publishing software (www.brebook.com)

August Peters

Das Edelfräulein

Ein Edelfräulein.

Dramatisches Charakterbild in 3 Aufzügen

von

Elfried von Taura.

Als Manuscript gedruckt und für die deutschen Bühnen nur entweder direct vom Verfasser (Abr. Aug. Peters, Reudnitz bei Leipzig) oder durch die Expedition der „Allgemeinen Theater-Chronik" in Leipzig zu beziehen.

Leipzig,
Druck von J. S. Wassermann.
1861.

Personen:

Der Herzog.
Die Herzogin.
Der Freiherr } von Hochberg-Obersee.
Die Freifrau }
Arabella, deren Tochter.
Constanze, der Letzteren Freundin.
Der Freiherr } von Hochberg-Untersee.
Die Freifrau }
Kurt, deren Sohn.
Der Oberverwalter
Der Jäger
Der Haushofmeister (genannt Jean) } auf Hochberg-Obersee.
Fritz, Gärtnerbursche
Neum, Schulze im Dorfe Hochberg.
Cordel, dessen Tochter.
Isidor, sein Neffe, Ingenieur.
Süßkuchen, Cantor }
Erster }
Zweiter } Bauer } aus Hochberg.
Dritter }
Ein Ingenieur, als unparteiischer Sachverständiger.

Zwei kleine Prinzessinnen. Herren und Damen vom Hofe. Städter. Bauern und Bäuerinnen. Musikanten; Arbeiter; herrschaftliche Dienstboten. Schulkinder.

Ort der Handlung: Schloß Hochberg-Obersee mit Umgebung.

Zwischen den letzten beiden Aufzügen liegt ein Zeitraum von zwei Jahren.

Erster Aufzug.

Erster Auftritt.

Vorsaal im Schlosse Hochberg-Obersee.
Der Haushofmeister. Später Fritz.

Haushofmeister. (In einem Kalender blätternd.) Es ist nicht anders und wird nicht anders: heute den 1. Mai vor neunzehn Jahren wurde das gnädige Fräulein geboren, und sie soll nun eine Frau werden. Und wessen Frau? Des windigsten Stückes Patent-Kanonenfutters, das sich je auf Wachtparaden gespreizt — so will es der hochfreiherrliche Stammbaum. Ach, ich möchte ein Rohrsperling sein und dem Junker auf Weg und Steg ins Ohr schreien, wer für ihn noch viel zu gut wäre; und wenn er darauf nichts gäbe, so möcht' ich der Teufel sein und ihn holen, wenn er sie zum Altar führt.

Fritz (eintretend). Bst! bst! Jean, er ist da —

Haushofmeister. Wer? der Teufel?

Fritz. Nein, der Junker — soeben ist er in voller Gala zum Thurmpförtchen hineingegangen.

Haushofmeister. So wollt' ich, daß die alte morsche Thurmtreppe mit ihm zusammenbräche —

Fritz. Ich wollt', ich hätte ihm ein Fuchseisen gelegt, dem Schürzenspürer —

Haushofmeister. Hast du Lunten, daß er dir auch ums Hühnerhaus schleicht? Ich wollte dir schon immer sagen, du möchtest deiner Jette nicht zu weit trauen. Sie ist eine eitle Person und der Junker spielt gern die Rolle des Zeus mit dem goldenen Regen. Sei auf der Hut!

Fritz. Still! da kommen Leute. Ich will inzwischen die Mädchen mit den Guirlanden herbeitreiben.

Beide ab.

Zweiter Auftritt.

Reum mit einer Bauerndeputation tritt auf.

Reum. So weit wären wir, ohne daß uns ein herrschaftlicher Hund angebellt hat. Aber wie nun weiter? In so einem vornehmen Nest hat es ja mehr Thüren, als bei andern ehrlichen Leuten Fenster.

Erster Bauer. Ist das aber eine Pracht! Und das ist nur der Vorsaal — wie mag's erst weiter drinnen aussehen!

Zweiter Bauer. Bauernschweiß, Gevatter, lauter Bauernschweiß! Ich sage dir, es ist hier nicht ein Stein, und kein Nagel, an dem nicht Bauernschweiß klebte.

Reum. Still! da geht die Thür.

Dritter Auftritt.

Die Vorigen. Hochberg-Obersee. Später der Haushofmeister. Bediente.

Hochberg-Obersee. Was giebt's hier? Was wollt ihr Leute hier?

Reum. Freiherrliche Gnaden verzeihen — weil wir wissen, daß heute des gnädigen Fräuleins Geburtstag, so wollen wir unsern unterthänigen Glückwunsch darbringen und zugleich — hm — ja zugleich wagen wir an Ew. Gnaden die Bitte, Ihnen ein Anliegen vortragen zu dürfen.

Hochberg-Obersee. So redet!

Reum. Schon seit längerer Zeit ist unser Dorf durch einen Durchbruch des Sees bedroht. Mein Neffe Isidor, der Ingenieur, hat die Ufer an der Parkseite genau untersucht und gefunden, daß der Durchbruch und mit ihm eine grauenvolle Ueberschwemmung unausbleiblich sei, wenn nicht schleunigst tüchtige Vorkehrungen getroffen werden. Er hat schon vor Jahresfrist der Landesregierung einen umfassenden Wasserbauplan für diese Gegend vorgelegt, aber keinen Bescheid darauf erhalten. Nun hat ihn die fürchterliche Gefahr veranlaßt einen Plan zu entwerfen, der sich blos auf Ew. Gnaden Gebiet beschränkt. Er erbietet sich die Ausführung zu übernehmen, ohne einen Lohn zu beanspruchen. Belieben Ew. Gnaden den Plan zu prüfen, dessen Ausführung nicht nur unser Dorf und die ganze untere Herrschaft vor einem schrecklichen Unglück bewahren, sondern auch Ew. Gnaden Besitzthum durch den trockengelegten See um eine große Fläche pflügbaren Landes vermehren würde. (Er überreicht dem Freiherrn eine Papierrolle.)

Der Haushofmeister tritt ein.

Hochberg-Obersee. Ihr verlangt, daß ich meine Herrschaft ihrer höchsten Zierde und Annehmlichkeit berauben soll. Nimmermehr wird das geschehen. Meine Nachkommen würden mich im Grabe verwünschen, wenn ich sie der schönen Entenjagd und Fischerei beraubte. Ich will dies Ding gar nicht sehen. (Giebt die Rolle zurück.)

Reum. Doch, Ew. Gnaden, doch beschwöre ich Sie, davon Einsicht zu nehmen. Sie werden erkennen, daß die Gefahr eine dringende und ein anderer Weg ihr zu begegnen nicht geboten ist.

Hochberg-Obersee. Die Verwaltung meiner Güter weiß nichts von der Gefahr, die du und dein Neffe da ausgeheckt. Geht ruhig nach Hause!

Reum. Ew. Gnaden wollen bedenken, daß es sich um die Existenz von Tausenden handelt. Es wäre unverantwortlich, wollten Ew. Gnaden hier nicht eingreifen.

Hochberg-Obersee. Was ist das für eine Sprache, Schulze! Ich will thun, als hätte ich nichts gehört. Aber wahre deine Zunge, Schulze! Ich spaße nicht mit Rebellen —

Reum. Ich bin kein Rebell und keiner von uns ist ein Rebell — wir sind allezeit treue Unterthanen gewesen und wollen's auch bleiben — aber wir sind auch Familienväter, wir müssen auf die Rettung unserer Familien Bedacht nehmen. Um so vieler unschuldiger Familien willen, gnädiger Herr, nehmen Sie sich unsrer an, willigen Sie in diesen rettenden Plan —

Hochberg-Obersee. Kein Wort mehr! Fort von hier!

Reum. Nehmen Sie den Plan! Prüfen Sie ihn wenigstens.

Bauern. Ja, gnädiger Herr, prüfen Sie ihn!

Hochberg-Obersee. Ich will nichts davon wissen. Es wäre lächerlich, wollte ich mich durch die Weisheit eines Menschen belehren lassen, der erst der Kuhhirte meiner Bauern gewesen.

Reum. Oho, Ew. Gnaden! Die Bibel erzählt von einem Hirten, der, zum König erhoben, mit Weisheit und Gerechtigkeit ein ganzes Volk regierte —, von einem Freiherrn meldet sie nichts dergleichen.

Hochberg-Obersee. He, Haushofmeister! Was stehst du da, und sperrst das Maul auf? Greif zu und wirf den Schuft hinaus!

Reum. Ei, wie viel solche Haushofmeister sind denn da? Das müßte eine verkehrte Welt sein, wo solch ein Wicht in Livree den freien Mann im schlichten Rock zwänge. Und der Schuft falle auf Die, so Gut und Leben ihrer Nebenmenschen ihren nobeln Passionen opfern.

Hochberg-Obersee. Bei meinem Wappen, das ist offene Empörung — das heißt Ahndung! He! Hollah! Leute herbei!

(Bediente stürzen herbei — Arabella zeigt sich mit Constanze unter der Thür.)

Hochberg-Obersee. Bringt den Mann hier zu Arrest!

(Die Diener wollen sich auf Reum werfen — die Bauern springen ihm bei.)

Vierter Auftritt.

Vorige. Arabella. Ihre Freundin Constanze.

Arabella. Aus einander! (Fliegt ihrem Vater an den Hals.) Nicht so, mein Vater! du wirst doch den Geburtstag deiner Tochter nicht durch solch einen Act des Zornes trüben — zumal gegen den Mann, ohne dessen Neffen du gar keine Tochter mehr hättest. Da muß ich nur gleich unserm lieben Gast die Stelle zeigen, wo es bald um mich wäre geschehen gewesen. Sieh, Constanze, dort unten neben dem Kirchhof ist der Gemeindeanger. Da weidete eine Rinderherde, als ich, ein Kind von zehn Jahren, rothgekleidet mit meinem Vetter Kurt darüber ging. Ein Bursch von Kurt's Alter hütete die Herde und warnte uns vor dem Stier derselben. Aber Kurt spottete der Warnung und führte mich keck durch die zerstreute Herde. Auf einmal stürzte der Stier wuthschnaubend auf uns los — da wandte ich mich zur Flucht, der Vetter floh vor mir her. Schon war das fürchterliche Thier dicht hinter mir; da fühlte ich mich von dem Hirten mit Riesengewalt emporgehoben; wie der Sturm flog er mit mir davon und brachte mich in Sicherheit.

Hochberg-Obersee. (Zu Constanze.) Ja damals wären wir bald um unser letztes Kind gekommen. Doch dem Hirtenknaben ward das Schreckensereigniß zum Glück. Meine Frau verlangte den Retter ihres Kindes zu sehen, und bei dieser Gelegenheit entdeckte sie große Geistesanlagen in dem verwaisten Burschen. Sie drang in seinen Pflegevater, daß er ihn studiren ließ — und seit zwei Jahren konnte er schon Ihr und Arabella's Lehrer sein.

Arabella. (Zu dem Schulzen.) Gebt her, lieber Schulze, Euren Plan! Mein Vater wird die Arbeit meines Lebensretters prüfen — nicht wahr, Väterchen? Und nun zur Mutter, die eben ihre Armen speist! Grüßt mir Eure Cordel, Schulze! (Mit ihrem Vater und Constanze ab.)

Haushofmeister. Nun sagt, Schulze, ob aus unserer wilden Hummel nicht eine wahre Fee geworden, seit sie in der Pension gewesen. Ich weiß, Ihr habt ihr oft gegrollt, wenn sie Euch mit ihrem saubern Vetter durch den Klee geritten — aber jetzt macht sie's wett! — Na seht mich nicht so mürrisch an! Es war mir gar nicht ums Herz wie hinauswerfen. Die Hand her! Wenn ich auch in der Livree stecke, so bin ich doch ein ehrlicher Kerl. Kommt mit mir in den Keller, Schulze, und Ihr Herren Schöppen auch; da wollen wir von unsers Schöpfers goldenem Wein ein paar Schöppchen schöpfen. (Alle ab.)

Fünfter Auftritt.

Ahnensaal. Im Hintergrunde ein rother gehellter Vorhang.

Der **Oberverwalter** und **Fritz**, (mit dem Bekränzen eines Bildes beschäftigt.)

Fritz. Aber sagen Sie mir doch mal, Herr Oberverwalter, was es mit dem Bilde da für eine Bewandniß hat, weil ich gerade dieses bekränzen muß, und die andern nicht.

Oberverwalter. Das will ich Ihm gleich erklären und demonstriren, mein Bester. Das Bild ist das Conterfei oder Portrait einer hochseligen Freifrau von Hochberg, Namens Brunhild. Deren Gemahl war ein großer Amateur und Liebhaber des schönen Geschlechts, dermaßen und dergestalt, daß er an seiner wunderschönen Frau Gemahlin nicht genug hatte; und so arrivirte und geschah es ihm eines Tages, daß die edle Dame ihn mit ihrer Kammerfrau oder femme de chambre in einer Situation traf, die man ein tête-à-tête nennt, und da sie in dergleichen keinen Spaß verstand, so brauchte sie Ernst und feuerte ein Pistol auf das zärtliche Paar ab — glücklicherweise ohne zu treffen.

Fritz. So! eine närrische Geschichte. Aber warum soll ich nun gerade das Bild dieser Dame bekränzen?

Oberverwalter. Das hat seine guten drei Gründe von Ursachen und Raisons. Erstens sieht das Fräulein der gnädigsten Ahnfrau ganz und totaliter ähnlich; zweitens hat es für dieses Bild immer eine ganz vorzügliche Affection und Zuneigung gehabt; und drittens will der gnädige Herr dem Junker Kurt wohl einen verblümten Denkzettel und Avis geben, was er von seiner Zukünftigen zu befahren hat, wenn er continuirlich fortfährt allen Schürzen nachzulaufen wie jetzo und dermalen.

Fritz. Da hätte ich eigentlich Geißblatt und Hahnenkamm zu diesem Kranze nehmen sollen. (Steigt von der Leiter.) Hoffentlich sind wir nun fertig.

Oberverwalter. Wir wollen nur gleich noch einmal dahinter sehen, ob da Alles in Ordnung ist. (Geht mit Fritz hinter den Vorhang.)

Sechster Auftritt.

Hochberg-Untersee und Kurt treten von der Seite auf.

Kurt. Sie hat also gar keine Ahnung, daß ich da bin?

Hochberg-Untersee. Nicht die geringste mein Sohn — es ist eben auf eine vollständige Ueberraschung abgesehen.

Kurt. Eine Ueberraschung — excellent! magniperb! ich liebe Ueberraschungen. Aber sage mir, wie hast du sie gefunden?

Hochberg-Untersee. Ueber alles Erwarten entwickelt, mein Junge. Ein schlanker Lilienkelch, auf dem sich eine volle Rose wiegt. Ist das nicht schön gesagt, mein Junge?

Kurt. Famos! excellent! magniperb! auf Ehre! —

Hochberg-Untersee. Ich sage dir, Junge, dir blüht ein Glück, um das ich dich beneiden könnte —

Kurt. Aber Papa — wenn Mama dich so hörte, sie würde wenigstens den entfernten Versuch zu einer Anwandlung von Eifersucht machen.

Hochberg-Untersee. O deine Mutter mit ihrem Zipperlein ist keine Ahnin Brunhild. Aber gut, daß du mich auf das Kapitel bringst.

Da sieh, das Bild der schönsten unserer Ahnfrauen ist bekränzt. Im Gesichte gleicht ihr Arabella wie ein Ei dem andern. Aber sie scheint auch ihren Geist geerbt zu haben. Darum nimm dich in Acht, mein Junge! Sie wäre wohl im Stande, vorkommenden Falls es zu machen wie Frau Brunhild!

Kurt. Ah bah! Wenn sie nicht besser trifft, als die alte Guädigste, dann ist keine Gefahr dabei.

Hochberg-Untersee. Ei! erinnerst du dich nicht, daß du selbst den kleinen Wildfang im Pistolenschießen geübt, und war sie da nicht eine ausgezeichnete Schülerin?

Kurt. Ah bah! Nicht alle Kugeln treffen.

Hochberg-Untersee. Da hast du wieder Recht. Der Teufel möchte sonst Soldat sein. Bist doch immer fertig mit einer witzigen Antwort. Witz, mein Junge, ist aber auch eine Gottesgabe, von der man bei einer geistreichen Frau nicht zu viel haben kann. Ich sage dir jedoch nochmals: sei auf deiner Hut, gieb deiner Frau niemals Anlaß zu —

Kurt (in die Rede fallend). Zum Pistolenschießen, willst du sagen? Laß gut sein, Papa; ich will ein so solider Ehemann werden, als je einer Epauletten getragen.

Hochberg-Untersee. Horch! Sie kommen! Nun aufgeschaut, mein Junge — bist ein köstlicher Junge, auf Ehre!

Siebenter Auftritt.

Die Vorigen. **Hochberg-Obersee.** Die beiden **Freifrauen. Arabella** und **Constanze.** (Alle von der Seite auftretend.) Später **Süßkuchen**, zwölf Mädchen und der **Haushofmeister.**

Kurt. (Von Arabella's Anblick überrascht.) Mai foi! Papa hat Recht — Sennora Pepita, deine Actien fallen.

Arabella. Ei da ist ja der Vetter Kurt! (Will ihm entgegen.)

Freifrau von Hochberg-Obersee (Sie zurückhaltend). Wart' einen Augenblick, mein Kind!

Die beiden Familien stellen sich zu beiden Seiten des Saales auf. Der Vorhang geht auseinander. Eine Gruppe weißgekleideter Mädchen wird sichtbar, deren zwei mittelste einen Blumenaltar halten, während die übrigen reiche Blumengewinde tragen. Dahinter der Cantor. Im Hintergrunde verbirgt eine Laubwand die Kapelle, welche beim Aufgehen des Vorhanges eine sehnsüchtige Melodie spielt, nach deren Takt sich die Mädchen und der Cantor langsam nach vorn bewegen. Im Vordergrunde wird der Altar niedergelassen; die Mädchen umringen ihn zur Hälfte mit ihren Gewinden in malerischer Stellung. Der Haushofmeister tritt auf.

Süßkuchen (an den Altar tretend im Predigertone). So ist sie denn erschienen die längst ersehnte Stunde, in welcher die letzten Zweige des glorreichen Geschlechts, dessen Glieder von diesen Wänden auf uns niederschauen, sich einander umschlingen sollen, damit sie zu Einem

Stamme verwachsend neue Lebensschößlinge treiben — hm — hm — Schößlinge treiben —

Haushofmeister. (Für sich.) Jetzt erstickt der Salbader in seinem Schwulst!

Süßkuchen. So seid denn gegrüßt in diesen altehrwürdigen Hallen, Ihr blühenden Sprößlinge des Hauses Hochberg; seid gegrüßt im Angesichte Eurer Ahnen und tretet heran, um die Hoffnung wahrzumachen, die sie auf Euch setzen. Nachdem Ihr die Grundsätze Eures von Gott begnadeten Standes mit der Muttermilch eingesogen — — hm — hm — eingesogen —

Haushofmeister. (Für sich.) Jetzt wird er in der Lüge stecken bleiben — das Fräulein hat keinen Tropfen Muttermilch gekostet, meine Susanne wahr ihre Amme von der ersten Stunde an.

Süßkuchen. Ja eingesogen, so schwellt mit stolzer Freude Eure Busen der Gedanke, daß sieben Jahrhunderte hier auf Euch niederschauen — niederschauen — hm — hm —

Haushofmeister. Die Phrase hat er dem Bonaparte gestohlen der Plagiarius!

Süßkuchen. Auf Euch niederschauen, und daß die erhabene Bestimmung Euch geworden, neue Jahrhunderte des Glanzes und des Ruhmes zu jenen hinzuzufügen. So führt sie denn an den Altar, hochbeglückte Eltern, laßt Eure Kinder sich verloben!

Kurt (tritt in der Mitte seiner Eltern rasch gegen den Altar vor).

Arabella (bleibt wie eingewurzelt stehen).

Freifrau. Kind! Arabella! Um Gotteswillen — was ist dir?
(Alle springen hinzu.)

Arabella. (Ihrer Mutter an die Brust sinkend.) Auf diese Ueberraschung war ich nicht gefaßt.

Hochberg-Untersee. Ach! es ist nur das Uebermaß der Wonne — das giebt sich.

Haushofmeister. (Für sich.) So tröstet der Schuster, wenn er die Stiefel untermäßig gemacht hat. Der Cantor hat zwar einen guten Stiefel zusammen gesalbadert, aber wenn's nach meinem Kopfe geht, so kommt des Junkers Heirathslust in einen spanischen Stiefel, und der ganze Kerl stiefelt mit einem Korb wohin er gehört. Ach daß ich doch meines gnädigen Fräuleins Korbmacher wäre!

Hochberg-Obersee. Nun faß' dich, meine Tochter!

Arabella. (Sich aufrichtend, zu Süßkuchen.) Ich bitte, uns einige Augenblicke allein zu lassen.

Hochberg-Untersee. Ja, sie mag sich erst sammeln. Geht einstweilen wieder hinter den Vorhang!

(Süßkuchen zieht sich mit den Mädchen zurück — der Vorhang wird zugezogen.)

Arabella. (Fest auf Kurt zugehend und vor ihm stehenbleibend.) Unsere Eltern haben es gut mit uns im Sinne, lieber Vetter; allein sie haben vorausgesetzt, daß wir beide noch frei wären. Ob du es bist, weiß ich nicht, — ich — bin es nicht mehr —

Beide Freiherren. } (Durcheinander.) Was? Wie? Unmöglich?
Beide Freifrauen.

Haushofmeister. Da fällt mir ein erratischer Block vom Herzen.

Arabella. Ja, liebe Eltern, — ich habe bereits gewählt —

Hochberg-Obersee. Ohne unser Wissen? Wider unsern Willen?

Haushofmeister. (Für sich.) Von Naturrechtswegen.

Arabella. Bis zu dieser Stunde war meine Wahl mir selbst noch ein halbes Geheimniß; erst jetzt ist sie mir zur sonnenklaren Gewißheit geworden; sonst würde ich sie Euch nicht verhehlt haben. Verzeiht mir, daß ich Euch diese Freude zerstören muß —

Hochberg-Obersee. Die Störung sei dir verziehen; von Zerstörung kann nicht die Rede sein. Es ist seit dem Tode deines Bruders bestimmt, daß durch deine Vermählung mit Kurt die beiden Häuser Hochberg wieder vereinigt werden sollen. Der Beschluß ist unwiderruflich — du kannst, wirst ihm keinen Widerstand entgegensetzen.

Haushofmeister. (Für sich.) Ich wollte, ich könnte ihr den Eisenkopf meiner Susanne geben, den sie aufsetzte, als ihr Alter ihr auch einen Mann oktroyiren wollte.

Arabella. Ach warum muß ich geboren sein, Euch so weh zu thun, geliebte Eltern! Verzeiht mir — ich muß mich diesem Beschluß widersetzen —

Hochberg-Obersee. Tod und Teufel! Ist das in der Familie Hochberg schon vorgekommen? Jetzt marsch zum Altar!

Haushofmeister. (Für sich.) Brrr! jetzt braust der Alte los — aber Gott sei Dank! das Bellchen ist ein echtes Milchkind meiner Susanne.

Arabella. (Dicht an Kurt herantretend.) Vetter! so sprich du doch auch ein Wort! Es kann ja dein Wille nicht sein, die Hand eines Mädchens zu nehmen ohne ihr Herz!

Kurt. O, angebetetes Cousinchen — hätte ich dich auch nicht in der Fülle deiner Reize gesehen, so würde ich den Eltern doch gehorchen; da ich dich aber darin gesehen, so brenne ich vor Verlangen ihren Willen zu thun — und ich hoffe —

Arabella. (Rasch.) Hoffe Nichts! — Weil denn auch du gemein genug denkst, dich einem Weibe gegen ihren Willen zu verbinden, so will ich mit Gott auf mich allein mich stützen. (Schnell an den Altar tretend.) So gelobe ich denn hiermit feierlich, meiner Liebe treu zu sein bis in den Tod, so wahr mir Gott helfe!

Haushofmeister. (Dicht bei ihr.) Er muß helfen — und er wird helfen, denn er hilft Denen, die Herz und Kopf auf dem rechten Flecke haben.

Hochberg-Obersee. Es ist entsetzlich! Doch ich hoffe diesen empörerischen Geist zu bannen. (Zu Arabella.) Fort jetzt aus diesem Saale, damit die Bilder meiner Ahnen nicht länger Zeugen eines solchen Schauspiels sind!

(Arabella ab — Constanze folgt ihr.)

Hochberg-Obersee. Folgt mir! Wir wollen Familienrath halten.

(Alle ab.)

Achter Auftritt.

Park. Freier, theils von Taxuswänden, theils von Gebüsch umgebener Platz, in dessen Mitte ein Springbrunnen. Rechts von diesem eine Statue der Isis auf hohem Postament. Weiter hinten und rechts und links Standbilder der Hochbergschen Ahnen.

Arabella und Constanze treten auf.

Arabella. Dies war des Hirten Lieblingsplätzchen; hier ist der Ruf des Geistes an ihn ergangen — hier will ich dir alles sagen.

Constanze. Ja, kläre mich auf über diese seltsame Liebe, die mich mit unendlichem Bangen um dich erfüllt. Aber irrst du dich auch nicht? Ist das Gefühl, das dich zu dem ehemaligen Hirtenknaben hinzieht, nicht vielleicht nur Dankbarkeit für den Lebensretter und Bewundrung vor dem genialen Lehrer?

Arabella. Nein, es ist Liebe; jede hüpfende Welle meines Blutes sagt es mir jetzt, daß es Liebe ist. Hättest du je geliebt, du müßtest es mir anfühlen — die bangen und doch namenlos süßen Schauer, die auf einmal mein ganzes Wesen durchbeben, müßten sich dir mittheilen, wie die Töne eines Instrumentes in einem andern mitklingen, das damit in leitender Verbindung steht.

Constanze. Aber bist du auch gewiß, daß Isidor dich liebt?

Arabella. Ich hoff' es, fast möcht' ich sagen, ich bin sein gewiß. Vernimm, was mich so verwegen macht. In einer jener unvergeßlichen Nächte des letzten Herbstes, da er uns in seine liebe Sternenwelt einführte, hatte mich Zufall oder Zug des Herzens unmittelbar an seine Seite geführt. Mit andächtiger Begeisterung hingen wir alle an seinem Munde, unsern Seelen wuchsen die Flügel, und frisch und leicht schwangen sie sich mit ihm durch des Himmels unermeßliche Räume. Allmälig fühlten wir uns dieser Welt entrückt, wenigstens war es mir so. Plötzlich ward seine Rede zum Gesang, das lehrende Wort zum feurigen Hymnus auf Gott. Wie er uns erst das heilige Gesetz offenbarte, darauf das Weltall ruht, danach alle die zahllosen Systeme von Sonnen sich in und durch einander, mit und für einander bewegten, das Gesetz der Liebe, so sang er nun in erhabenen Akkorden den Gott der Liebe. Da fiel meine Seele jauchzend ein in das hohe Lied, ja mein Empfinden, mein ganzes Sein war nur ein Wiederhall davon, ein Nachklang der himmlischen Urmusik. Lange schon war des herrlichen Lehrers Lied verstummt, leise hatten sich die Seelen wieder niedergesenkt auf die kleine Erde, und noch immer standen wir stumm um ihn her. Auf einmal fühlte ich, daß meine Hand in der seinen lag, daß sein warmer Pulsschlag mit dem meinen zusammenwallte. Selig erzitternd blickte ich zu ihm auf — da begegnete ich seinem auf mir ruhenden Auge — und da war es, als schlüge eine Himmelsflamme mir entgegen, in die ich mit loberndem Entzücken mich hineinstürzen müßte, um darin zu vergehen und vollendet zu erstehen.

Constanze. Du Schwärmerin! Aber was denkst du zu beginnen? Wie willst du dich seiner Gegenliebe versichern, da er sie so sorgsam verbirgt, wie es scheint — wenn anders du recht geahnt?

Arabella. Es muß eben klar werden zwischen uns. Ich brauche den Kämpfen gegenüber, die nun für mich ausgebrochen sind, einen sichern Stab. Bei allem Muthe des selbstbewußten Weibes bleibe ich doch auch Tochter — und die Tochter könnte doch am Ende über das Weib siegen. — Ha! dort kommt er! Schnell laß uns hinter die Statue treten, daß unser Anblick ihn nicht verscheucht! Ich muß ihm begegnen — und daß ich dir's nur gestehe — ich hoffte ihm hier zu begegnen. —

Constanze. Dann bin ich hier überflüssig. (Ab.)

Neunter Auftritt.

Arabella. Isidor.

Isidor. (Die zu den Füßen der Statue sitzende Arabella erblickend.) Ach! — Sie da, mein Fräulein? Verzeihen Sie — ich konnte nicht hoffen Sie hier zu finden.

Arabella. (Aufstehend.) Und konnten es auch nicht ahnen? Und wußten nicht, daß der dankbaren Geretteten und Schülerin die Stelle immer eine geweihete sein müßte, die nicht nur ein beliebiger guter Mensch betrat, sondern wo ihr Retter und Lehrer einst am liebsten weilte?

Isidor. Mein Fräulein — ich kenne gewiß Ihr schönes Herz wie kein Mann auf dem weiten Erdenrund — aber ich mußte mir die Braut weit eher an der Seite des lebendigen Bräutigams vermuthen, als zu den Füßen der steinernen Isis.

Arabella. Sagten Sie mir nicht, daß in manchem todten Marmorbilde mehr wahres Leben fluthe als in manchem lebendigen Fleischgebilde? Ich habe diese Wahrheit beherzigt und sitze lieber zu den Füßen der steinernen Göttin als bei einem Fleischgebilde, das man mir als Bräutigam zugedacht hatte. —

Isidor. Und das Sie —

Arabella. Das ich für mich einen todten Mann sein ließ.

Isidor. Gelobt sei Gott!

Arabella. Wofür, wenn ich fragen darf?

Isidor. Verzeihen Sie, daß ich dem bewegten Herzen nicht wehrte, sich so vernehmlich Luft zu machen. Aber so sehr mich der Gedanke gefoltert hatte, daß das edelste weibliche Wesen, das ich kenne, an einen Mann gekettet sein sollte, der mir seiner nicht werth zu sein schien, so ungestüm mußte meine Freude sein, dies Loos von ihm abgewendet zu wissen.

Arabella. Abgewendet? Ach, wenn es das wäre! Aber es schwebt noch über meinem Haupte wie das Schwert des Damokles.

Isidor. O mein Fräulein — verzeihen Sie Ihrem um Ihr Wohl tief besorgten Lehrer, wenn er es wagt sich in die zartesten Angelegenheiten Ihres Lebens zu drängen. Ich habe solch ein Wagniß bis jetzt mit Gewalt von mir gewiesen — mit tiefem Seelenschmerz sah ich Sie einem dunkeln Verhängniß entgegengehen, weil ich glaubte, es sei Ihre Wahl. Jetzt glaube ich vernommen zu haben, daß dies nicht der Fall und nun will ich noch einmal als Lehrer und Freund zu Ihnen sprechen. Liebes Fräulein — bei Ihrem Heil beschwöre ich Sie, halten Sie Ihre weibliche Würde aufrecht gegen alle Anfechtungen der Welt! Hüten Sie die Schätze Ihres Gemüthes vor jeder Befleckung, vor jeder Veruntreuung und Vergeudung — wahren Sie sie vor dem Rost und den Motten eines gemeinen, lieb- und darum gottlosen Ehebundes!

Arabella. Ach ich bin nur ein schwaches Weib, mein verehrter Lehrer!

Isidor. Vor Tausenden Ihrer Schwestern sind Sie mit Muth und Stärke gerüstet. —

Arabella. Meine Eltern meinen es so gut mit mir — es ist ein fürchterlicher Kampf, solchen guten Eltern Widerstand zu leisten. —

Isidor. Muth! nur Muth! Wenn die Kraft versiechen, und die Versuchung zu stark werden will, hinaufgegriffen in den Himmel und mitten aus Gottes Herzen heraus die starke Geduld geholt, welche die Welt überwindet!

Arabella. Aber besteht Geduld nicht in stiller Unterwerfung?

Isidor. Das sagen nur kopfhängerische Schwächlinge! Geduld ist unmuthfreies Ertragen der Uebel, die mit dem Kampfe, der uns verordnet ist, unvermeidlich verbunden sind. Stehen Sie getrost in diesem Kampfe, mein Fräulein!

Arabella. Der starke, erprobte Mann hat gut ermuthigen — ja wenn ich armes ungeprüftes Mädchen einen solchen Kämpen zur Seite hätte!

Isidor. Fräulein! — könnte ich Ihnen in diesem Kampfe nützlich sein — mein Blut, mein Leben, mein ganzes Wesen wollte ich mit Freuden daran setzen.

Arabella. O dann hätte ich Muth mit Erd' und Himmel zu kämpfen! Aber was Sie mir bieten, ist so viel — Ihr Blut, Ihr Leben, Ihr ganzes Wesen — wie könnt' ich das für mich hinnehmen, ohne ein Unterpfand von gleichem Werthe? Nein, mein edler Ritter, dazu bin ich zu stolz.

Isidor. (Ihre Hand erfassend.) Mein Fräulein — ich beschwöre Sie, nehmen Sie es, dieses Leben, das wahrlich durch keine That befudelt ist, die es solcher Bestimmung unwürdig machte. Machen Sie mich zu Ihrem Bundesgenossen!

Arabella. Es sei — doch nur unter einer Bedingung. Ehrlich sei der Bund zwischen uns — Gleiches werde für Gleiches eingesetzt — Blut für Blut, Leben für Leben, Wesen für Wesen!

Isidor. Arabella!

Arabella. (In seine Arme sinkend.) Mein Isidor! (Pause.)

Zehnter Auftritt.

Die Vorigen. Constanze. Später die Freifrau.

Constanze. (Rasch auftretend.) Vorgesehen, Arabella! deine Mutter kommt!

Arabella. (Sich von Isidor losmachend.) O das ist herrlich! da können wir an dieser glücklichen Stelle ihr Herz im Sturm erobern.

Isidor. (Zu Constanzen.) Noch eine liebe Schülerin — und irre ich nicht, in der schönen Rolle eines Schutzgeistes? (Reicht ihr die Hand.)

Constanze. Wäre ich ein solcher, so wäre ich wohl ein pflichtvergessener — oder hätte ich dann nicht sollen schützen, als der neue Archimedes seinen stärksten Brennspiegel, statt auf feindliche Schiffe, auf ein schuldloses Mädchenherz richtete?

Freifrau. (Zu Arabella.) Da bist du ja, mein Schmerzenskind! Ich suchte dich auf deinem Zimmer. Und Sie hier, Herr Reum? Wie gut sich das trifft! Mehr als jedes andere Traurige, was dieser Tag gebracht, ängstigt mich ein Schreckensgedanke, der von Ihnen ausgegangen, mir so eben von unserm Hausbofmeister mitgetheilt wurde. Er sagte mir, Sie fänden Park, Schloß und Dorf, ja die ganze untere Herrschaft aufs gefährlichste vom Hochwasser bedroht — ist das wahr?

Isidor. Wenn meine gnädige Frau mir eine kleine Strecke folgen wollte, so würde ich sie leicht selbst von der Richtigkeit meiner Befürchtung überzeugen.

Freifrau. Ich bitte Sie meiner mangelhaften Einsicht zu Hilfe zu kommen.

(Alle ab.)

Elfter Auftritt.

Der Oberverwalter mit dem Haushofmeister. Später der Jäger.

Haushofmeister. Hier wollen wir ein wenig warten, bis die Herrschaften den Damm verlassen. Die gnädige Frau denkt auch wie ich: mit dem Wasser ist nicht zu spaßen, es hat keine Balken.

Oberverwalter. Das ist justement gerade das Beste am Wasser, denn wenn das Wasser Balken hätte, wär's erst gefährlich und dangerös. Das Wasser ist ein weicher Körper, wenigstens hab' ich noch nicht gehört, daß sich Jemand den Kopf daran eingestoßen hätte. Und sintemal und alldieweil das Wasser so weich ist und keine harten stößigen Balken hat, sind auch unsere Dämme noch lange durabel und haltbar dagegen —

Haushofmeister. Bis Euch das weiche Wasser über dem harten Schädel zusammenschlagen wird. Ich glaube, des Schulzen Neffe hat Recht. Mein Genie reicht zwar nicht bis zum Geniewesen, aber sein Plan leuchtet mir ein. Ihr solltet ihn nur sehen, diesen Plan.

Oberverwalter. Was scher' ich mich um solche Schulfuchserei, solche Theorie! Ich bin ein alter Praktikus und steh' mit meiner Praxis für Alles —

Haushofmeister. Daß wir alle versaufen!

Oberverwalter. Ich deklarir' und erklär' Euch ein für allemal: es heißt an der Weisheit unsers gnädigen Herrn zweifeln und dubitiren, wenn man dem Mann mißtraut, auf den er seine confidence und Vertrauen setzt. Uebrigens hab' ich auch zwei theoretische Autoritäten für mich: den Junker und unsern Cantor.

Haushofmeister. Nun da tragen drei Einen Sack.

Oberverwalter. Hört mal, Haushofmeister! das ist eine höchst injuröse Beleidigung — Ich werd' Euch darum belangen.

Haushofmeister. Meinetwegen, ich sehe nicht ein, wie Ihr die Injurie beweisen wollt. Ich habe nicht gesagt: da tragen drei Esel einen Sack, sondern nur kurzweg drei — das können auch drei Philosophen sein, und in dem Sack können eben so wohl Goldkörner der Weisheit stecken als Häckerling. — Da kommt auch Euer Echo, das Orakel der Köchin, unser Jäger, mit Beute beladen von der Jagd. (Zu dem Jäger.) Habt heute gute Jagd gehalten, wie es scheint.

Jäger. Das will ich meinen — ich hatte aber auch meine Maßregeln darnach getroffen. Ja wenn ich will, muß St. Hubertus wollen.

Haushofmeister. Ihr habt wohl den Enten Küchenruß in die Augen gestreut? Wie viel habt Ihr denn geschossen?

Jäger. Drei Reiher, sieben Schnepfen, zehn Enten, zwölf Ortolane.

Haushofmeister. Und das Wildpret tragt Ihr Alles in dem

Ranzen da? Wenn das kein Jägerlatein ist, so heißt der Teufel ein Märtyrer der Wahrheit.

Jäger. Was ich nicht fortbringen konnte, ist im Forsthause deponirt. Geht und überzeugt Euch!

Haushofmeister. Das ist ganz unnöthig, trefflichste Windbüchse — sagt mir nur noch einmal, wie viel Ihr geschossen.

Jäger. Sechs Reiher, neun Schnepfen, zwölf Enten und funfzehn Ortolane.

Haushofmeister. So! jetzt lügt Ihr doch hübsch in Progression!

Jäger. Ihr seid und bleibt der ungläubige Thomas von Grobhausen, das unhöflichste Individuum, das je auf einem Herrenhofe gedient hat. Mich wundert, daß Euch der Herr nicht längst als Dreschmaschine angestellt hat.

Haushofmeister. Und mich wundert, daß Euch der Küchenrauch noch nicht zum Mohren geschwärzt und die Köchin noch nicht vollständig blau angelaufen ist von Euch. Aber jetzt sagt, seid Ihr dem gnädigen Herrn und den beiden Vettern nicht begegnet?

Jäger. Die haben sich vom Förster über den See rudern lassen, um das jenseitige Ufer zu besichtigen. Der Förster meint, es sei nicht recht geheuer wegen kommendem Hochwasser —

Haushofmeister. Da hört Ihr, Herr Praktikus!

Oberverwalter. Ei was will der Holzwurm vom Wasserbau verstehen! Er müßte bei den Fröschen in die Lehre gegangen sein.

Haushofmeister. Wie Ihr bei den Hamstern und Maulwürfen. Nun, ich will wünschen, daß Euch das Wasser Euren praktischen Haarbeutel nicht sammt dem Stock wegspüle.

Jäger. Hat den die Wasserfurcht auch ergriffen — o über die Narrheit! Ich sag' Euch, der Oberverwalter hat Recht, und der Förster mit dem in's Kraut der Superklugheit geschossenen Hirtenbuben wissen nicht mehr vom Uferbau, als ein Sonntagsjäger von der Sauhatz.

Haushofmeister. Aber sicher mehr, als Euer Magen von der Eichelmast, Ihr Topfgucker, zehnzinkige Kostgabel! Ich möchte wissen, aus welchem Topf der dicken Köchin Ihr Eure Weisheit gefingert hättet, Ihr Professor Gutschmeck!

Oberverwalter. Still! Die Damen kommen zurück, laßt uns auf die Seite gehen! (Alle drei ab.)

Zwölfter Auftritt.
Die Freifrau. Isidor. Arabella und Constanze.

Freifrau. Verlassen Sie sich darauf, lieber Freund, ich werde all' meinen Einfluß aufbieten, um meinen Mann Ihren Vorschlägen geneigt zu machen.

Isidor. Wäre die Landesregierung längst auf meinen Flußregulirungsplan eingegangen, so könnte alle Gefahr beseitigt und obendrein die Schifffahrt bedeutend erweitert sein. Es ist traurig, wie langsam der Schritt der staatsmännischen Praxis hinter der Theorie herhinkt. Es gehört die zäheste Begeisterung für die Wissenschaft dazu, um unter den Hemmnissen einer rohen Empirie und dem Drucke des öffentlichen Schlendrians nicht zu erlahmen.

Freifrau. Ich habe mich schon gewundert, warum Sie sich einer Wissenschaft zugewendet, die es nicht nur in der Praxis mit solchen prosaischen Widerwärtigkeiten zu thun hat, sondern auch auf so trockenen Disciplinen ruht. Ein Mathematiker und ein so warmer Poet wie Sie, das schienen mir immer unvereinbare Gegensätze zu sein.

Isidor. Meine gnädige Frau gehört doch wohl nicht zu Denen, die das Ideale und Reale gewaltsam auseinanderreißen und einander feindlich entgegensetzen? Die sich unter dem Idealen nichts anderes denken als das Reich des Traumes und des Scheines, da es doch gerade das Reich des Ewigwirklichen und Wesenhaften ist? Ja, Nichts ist wirklich, als worin eine göttliche Idee wirkt, und kein Ideal ohne eine Existenz, der es innewohnt. Es ist viel Unheil aus jener Begriffszerstückelung geflossen; Nichtiges ist dadurch zum Ansehen des Wichtigen gelangt, Hohes und Edles in den Staub gezogen worden, Ueberlebtes hat zum Schaden des Frischwüchsigen ein schmähliches Schmarozerdasein fortgefristet — und daher das meiste Elend der Menschheit. Heil Jedem, der sich losgerungen von den Banden dieser Verirrung, der sich über die Sphäre des Nichtigen erhoben, und frei im Wesentlichen waltet. Der ist ein Bürger im Reiche des Schönen, mag sein forschendes Auge den ewigen Sternen oder den Lebensspuren vergangener Jahrtausende im Schoße der Erde zugewendet sein; mag er mit der Leier goldene Brücken über den Jammer der Welt, oder mit Hammer und Kelle nur eine steinerne bauen über den reißenden Strom; mag er blühende Landschaften auf die Leinwand zaubern, oder des Landmanns Aecker vor der verheerenden Fluth beschützen.

Arabella. Und ebenbürtig fühlt sich solch ein Bürger Allen, die gleich ihm im Reiche des Schönen athmen, und jeder wahrhaft Edle und Freie fühlt ihm sich ebenbürtig. So fühlt sich die Freiin von Hochberg mit seligem Stolz dem Mann ebenbürtig, dem Gott selbst das Siegel jener Bürgerwürde auf die Stirn gedrückt — darum gab sie ihm ihr Herz für das seine — und hat den Muth, die geistesverwandte Mutter für diesen Tausch um ihren Segen zu bitten. (Mit Isidor niederknieend.) Ja, theure Mutter, dieser mein Lebensretter und geistiger Erlöser — er ist der Erwählte um deffentwillen ich die Scheinehe mit den Mann Eurer Verabredung ausschlug. Gieb mich meinem Isidor zur Braut!

Freifrau. (Neigt sich betroffen, doch zur Gewährung geneigt, sprachlos über sie.)

Dreizehnter Auftritt.

Die Vorigen. Hochberg-Obersee. Hochberg-Untersee. Kurt.

Freifrau. (Beim Anblick der auf dem Platz Erscheinenden erschrocken in die Höhe fahrend.) Macht keine Scene Kinder — steht auf!

Hochberg-Obersee. Was war das für eine Scene? Was ging hier vor?

Isidor. Es ist an mir diese Frage zu beantworten, Herr Baron.

Hochberg-Obersee. Sie da, Herr Reum? Was haben Sie mir zu sagen?

Isidor. Ich bitte mir unter vier Augen Gehör zu schenken, oder doch en famille.

Hochberg-Obersee. Sie sind bekannt genug hier, um zu wissen, daß ich eben en famille bin. —

Arabella. Aber, Vater —

Hochberg-Obersee. Du schweigst! Du hast das Recht auf eine Stimme in meinem Rathe verwirkt. Der Herr bringt sein Anliegen hier an oder gar nicht!

Isidor. Wenn Sie nicht anders wollen — so hören Sie denn. Zunächst führte mich die drohende Gefahr hierher, auf die ich Sie schon durch meinen Oheim aufmerksam machen ließ. Ich wollte Sie in Ihrem eigenen Interesse und in dem Ihrer Grundholden dringend bitten, sofort eine Herstellung und Erhöhung des unterhöhlten Parkdammes bewirken zu lassen.

Hochberg-Obersee. Ich habe bereits mit meinem Oberverwalter die Angelegenheit besprochen, und er, der zwar kein theoretischer Projektenmacher, aber ein tüchtiger praktischer Mann der guten alten Zeit ist, hat sich samt meinem Jäger und dem erfahrenen Cantor völlig beruhigend über den Damm ausgesprochen. Auch mein Neffe hier, der das Geniewesen kennt, sieht Ihre Gefahr nicht ein.

Kurt. Diese Gefahr existirt nirgends als in dem Kopfe dieses Herrn, ist eine bloße Finte, um den Quärelen der neuerungssüchtigen Bauern Eingang zu verschaffen.

Hochberg-Obersee. Ich will indeß noch einen unpartheiischen Sachverständigen zu Rathe ziehen. Damit wäre diese Angelegenheit erledigt. Doch finde ich durch dieselbe die Scene nicht erklärt, zu der ich gerade kam.

Isidor. Gewiß würde sie mich auch nicht zu eines Menschen Füßen geworfen haben. Es muß wohl eine Angelegenheit von höchster Bedeutung in der Sphäre des Gemüthslebens gewesen sein, denn nur eine solche mag es gestatten, daß ein Menschenwesen vor dem andern seine Kniee beugt, eine Angelegenheit, bei welcher alle Aeußerlichkeiten des Weltlebens in Nichts versinken und nur die Seele vor die Seele tritt — aber in der freien Zuerkennung ihrer göttlichen Würde von dem einen Theil an den andern. Wie ich so eben aus Ihrem eignen Munde vernommen, zürnen Sie Ihrer Tochter, mein Herr, weil sie ein Bündniß ausgeschlagen, das man ohne ihre Zustimmung verabredet hatte. —

Hochberg-Obersee. Was haben Sie damit zu schaffen?

Kurt. Ja, das möchte ich wissen!

Isidor. Sehr viel. Denn bekanntlich hat Ihre Tochter bei ihrer Weigerung erklärt, daß sie schon eine Wahl getroffen — und der Erwählte, der, dem Sie allein zürnen wollen, wenn hier ein vernünftiger Grund zum Zorn vorhanden, steht vor Ihnen — in mir!

Hochberg-Obersee. Unmöglich! eine solche Verirrung einer Freiin von Hochberg ist undenkbar!

Kurt. Es ist eine schimpfliche Beleidigung, die verdient, daß ich den Burschen —

Arabella. Kein Wort weiter gegen meinen Geliebten! (Zu ihrem Vater.) Ja, Vater, es ist so — (Ihm um den Hals fallend.) o gieb ihn mir zum Bräutigam.

Hochberg-Obersee. (Sie von sich stoßend.) Hinweg von mir, du Ungerathene! Fürwahr, die Standbilder unserer Ahnen möchten von ihren Postamenten springen über den Schimpf, der ihnen von Einer ihres Stammes widerfährt!

Arabella. (Zu seinen Füßen.) Vater, mein Vater!

Hochberg-Obersee. (Stößt sie mit dem Fuße fort.) Entehre diesen Namen nicht mehr, entartetes Geschöpf!

Isidor. (Sie schützend.) Herr, gegen mich allein wüthen Sie, nicht gegen diese Schuldlose. Denn schuldlos ist sie, wie das Bild der Göttin hier an dem Verderben sein wird, das über lang über kurz über ihr friedliches Reich hereinbrechen muß. Oder glauben Sie, daß ein junges empfindsames Mädchenherz unzugänglich sei für einen Geist, der in des Himmels Tiefen drang? Wahrlich! das Weib soll noch geboren werden, das der männlichen Geisteskraft widersteht, die mit der ganzen Waffenrüstung der Liebe gegen es anstürmt. Und das habe ich gethan — und daß ich es gethan, daß ich an den Besitz des Herzens Ihrer Tochter alle Macht des Geistes, allen Zauber der Bildung, der Beredtsamkeit, der Dichtung und was ein schönes Mädchenherz mit süßen Banden umstricken mag, gesetzt, dafür, mein Herr, bitte ich nicht um Verzeihung, denn ich stand auf göttlichem Rechtsboden mit dieser That. Auf diesem steht auch Ihr Kind. Es ist die Eine göttliche Flamme, die uns beide durchglüht, und unsere Gemüther erfüllt und erhebt das gleiche Bewußtsein, daß unser Bund die Billigung des Himmels hat. Dieses Bewußtsein gab uns den Muth, die Billigung der edlen Mutter zu erflehen, es giebt ihn mir noch jetzt, diese Bitte gegen Sie, mein Herr, zu wiederholen. Ich bitte um die Hand Ihrer Tochter.

Kurt. Das ist pyramidale Frechheit, auf Ehre!

Hochberg-Untersee. (Zu Kurt.) Aber woher der Kerl die Worte nimmt, das ist mir ein Räthsel, auf Ehre!

Hochberg-Obersee. (Für sich.) Der Mensch nimmt mich unwillkürlich gefangen mit seinem nobeln Wesen. Wer erkennt da noch den Hirten! (Laut.) Herr Reum! Ich habe Sie ausreden lassen, und so unerhört, so über alle Begriffe — wie soll ich mich denn ausdrücken? — ich will nur sagen: abenteuerlich Ihr Begehren klang, so will ich es doch mit Schonung beantworten. Sehen Sie um sich her, da schauen die Standbilder meiner Ahnen zu uns hernieder — sehen Sie, dort ist Einer, der kämpfte schon auf dem Marchfelde an Rudolfs von Habsburg Seite gegen Ottokar von Böhmen; dort drüben ein Anderer, der mit bei dem Sturm auf Jerusalem unter Gottfried von Bouillon war. Sieben Jahrhunderte blüht dieses Geschlecht in edler Reinheit, nie ward sein Wappen durch einen Tropfen unedlen Blutes verunreinigt — und zu der Tochter und Erbin des Hauptastes von einem so ruhmwürdigen Stamme wagen Sie Ihre Augen zu erheben! Ich frage Sie, Herr Reum Sie, was haben Sie diesem glorreichen Namen, diesen Jahrhunderten unbefleckter Ritterehre, dieser langen Reihe erlauchter Ahnen, kurz dem gesammten Erbe einer Freiin von Hochberg entgegen zu stellen?

Kurt. Superb! excellent! königlich abgemuckt — auf Ehre!

Isidor. Mein Herr! Sie haben mir da eine Menge Dinge aufgezählt, die wohl geeignet sind ein schwaches Auge zu blenden, ein blödes Gehirn zu verblüffen; auf ein gesundes Auge und einen klaren Kopf müssen sie ihre Wirkung verfehlen. — Mein Herr, als Ihre Tochter mich zu dem Manne ihres Herzens erwählte, da fand sie sicher in mir das älteste Wappen auf Erden, das Ebenbild meines himmlischen Schöpfers so rein und unverdorben wie in irgend einem Manne, der ihr je vor die Augen gekommen. Statt der Thaten hoher Ahnen erkannte sie an mir ein freudiges Ringen nach eignen Thaten, freilich nicht nach Thaten der Menschenwürgerei und der Schelmerei, aber nach Thaten des Friedens, des Geistes, der wahren Ehre im Dienste der Menschheit. Statt des Glanzes eines sieben Jahrhunderte alten Namens erfreute sie an mir das Licht eines Geistes, der sein Jahrhundert begriffen, in seinem Jahrhundert steht, als wackerer Mitarbeiter an der erhabenen Aufgabe desselben. Mit einem Worte: dem zufälligen Besitz, dem Stande meiner Geliebten habe ich Nichts, aber ihrem wesentlichen Eigenthum, der eingeborenen und zu göttlicher Schönheit entfalteten Würde des Weibes habe ich die gleich hohe Würde eines vom Geiste Gottes beseelten Mannes entgegenzusetzen.

Hochberg-Obersee. (Für sich.) Der Teufel wohnt in diesem Menschen. Jetzt wundere ich mich gar nicht mehr, daß er meine Tochter berückt hat!

Kurt. (Zu seinem Vater). Ich will doch sehen, ob der Maulheld eben so gut mit blanken Waffen umzugehen weiß, wie mit blinkenden Phrasen.

Hochberg-Untersee. Mich dünkt, er hat auf uns gestichelt.

Kurt. Er hat den Kriegerstand und das ganze Hochberg'sche Haus beschimpft, auf Ehre!

Hochberg-Obersee. Mein bester Herr Reum — was Sie da zu Ihrem Gunsten vorgebracht haben, mag ein recht poetisches Tischlein=deckedich sein für ein Mädchen Ihres Standes — eine Freiin von Hochberg daran zu stellen, den abenteuerlichen Gedanken lassen Sie sich nur vergehen. Uebrigens bleib' ich Ihnen wohl gewogen. (Kehrt ihm mit einer Handbewegung den Rücken.)

Isidor. So bleibt mir nur die Hoffnung. Doch kann ich diese Stelle unmöglich verlassen, ohne noch einmal alle Anwesende auf die Gefahr eines Dammbruches aufmerksam zu machen. Gnädige Frau, ich nehme Sie beim Wort — ich werde meine Hände auch nicht in den Schoß legen. — Was uns beide betrifft, Arabella, — getrost hinauf geblickt zu Dem, der getreu ist Allen, die sich selbst treu bleiben. (Will ab.)

Kurt. (Isidor den Weg vertretend.) Halt Herr! Ich fordere Genugthuung für die beleidigte Ehre meines Standes und des Hochbergschen Hauses. Sie werden sich mit mir schlagen.

Isidor. Nein, Herr Junker, das werde ich nicht! Es gab einmal eine Zeit, wo ich auch, angesteckt von dem herrschenden Vorurtheil meiner Umgebung, wähnte, die vermeintlich verletzte Ehre durch ein Verbrechen wieder herstellen zu müssen. Das war in der Sturm= und Drangperiode des Studentenlebens. Seitdem bin ich zur vollen Vernunft gekommen und verabscheue nun den Zweikampf wie jeden andern Todtschlag. Verflucht die Hand, die sich wider einen Nebenmenschen erhebt, es ist eine Kainshand! Ich will nicht Kain sein! (Schiebt den Junker auf die Seite und eilt ab.)

Vierzehnter Auftritt.
Die Vorigen. Reum.

Reum. Halt, Neffe, halt! Hier bring' ich dir etwas von Sr. Hoheit dem Herzog. (Ihm nacheilend.) Ein reitender Bote kam damit eben aus der Residenz.

Hochberg-Untersee. Vom Herzog? Was hätte der Herzog mit diesem Plebejer zu schaffen?

Kurt. Ach, es ist vielleicht nur aus der Hofkanzlei — ein abschläglicher Bescheid auf einen Bettelbrief oder dergleichen.

Isidor. (Kehrt in dem erbrochenen Schreiben lesend zurück; als er gelesen, drückt er es gerührt an sein Herz.) Dank dir, o Gott! — Oheim! Arabella! gnädige Frau! — nun ist Alles gut. der hochherzige Monarch hat endlich meinen Plan selbst erhalten; er billigt ihn; er will in den nächsten Tagen hierher kommen und selbst sehen. Vorläufig ernennt er mich zum provisorischen Wasserbaudirector. (Giebt den Damen das Schreiben. Zu Hochberg-Obersee.) Jetzt, mein Herr, rechne ich auf Ihren Beistand bei den Maßregeln, die ich sofort treffen werde, um diese Gegend vor der nächsten Gefahr zu schützen. Dieses Handschreiben giebt mir unbeschränkte Vollmacht, wenn Sie sich überzeugen wollen.

Freifrau. So ist es — hier lies! (Giebt ihrem Gemahl das Schreiben.)

Hochberg-Obersee. (Zu den beiden Vettern.) Es ist wahr — der Herzog schreibt ihm eigenhändig — eine ungewöhnliche Auszeichnung. (liest.)

Kurt. (Zu seinem Vater.) Um so besser wird sich die Zeichnung ausnehmen, die ich dem Großmaul beizubringen gedenke.

Hochberg-Untersee. Möchte aber doch wissen, welcher hohen Schürzenprotection sich der Mensch zu erfreuen hat.

Hochberg-Obersee. (Das Schreiben an Isidor zurückgebend.) Thun Sie, was Ihres Amtes ist, Herr Wasserbaudirector. Nur vergessen Sie nicht, daß auf meinem Territorium Niemand zu befehlen hat als ich — dieses Recht kann auch der Herzog nicht umstoßen. Ich werde es zu wahren wissen.

Isidor. Und ich werde mich in meiner Pflicht durch Niemand beirren lassen. — Kommt, Oheim, daß wir den armen Bauern mittheilen, wie nahe ihnen die Hilfe ist!

Reum. Ich hab' es immer gesagt: Wenn die Noth am höchsten, ist die Hilf' am nächsten. (Mit Isidor ab.)

Der Vorhang fällt.

Zweiter Aufzug.

Erster Auftritt.

Verkürzte Bühne. Stromufer.

Der Herzog im Incognito und ein Bauer treten auf.

Herzog. So, mein Lieber, ich finde mich nun schon zurecht. Dort kommen zwei Herren auf uns zu; vielleicht ist der Wasserbaudirector dabei.

Bauer. O nein, Herr. Das ist der Unparteiische, den unser Herr berufen hat, mit dem Junker von der untern Herrschaft, dem Leutnant, der unser Fräulein heirathen soll. Sie will ihn aber nicht haben, sondern den Wasserbaudirector.

Herzog. (Für sich.) Der Leutnant könnte mich doch in meinem Incognito erkennen. Das wäre mir nicht lieb. (Zum Bauer.) Es ist gut, Freund; habt Dank. (Tritt auf die Seite.)

(Bauer ab.)

Zweiter Auftritt.

Der Herzog (im Hintergrund). Kurt. Ein Ingenieur.

Ingenieur. Dieses Regenwetter kommt uns trefflich zu statten. Es giebt ein mäßiges Hochwasser ohne alle Gefahr.

Kurt. So wird der übermüthige Parvenü blamirt. Aber wir müssen Alles aufbieten, daß er nicht eine Hand an den Parkdamm legen darf. Sie müssen meinem Vetter ein Gutachten geben, wodurch die Ansicht des Planmachers geradezu lächerlich gemacht wird. Sie wissen, die Hochberge sind immer nobel!

Ingenieur. Verlassen Sie sich auf mich. Ihr Herr Vetter soll den Naseweiß, der sich in unserm Berufe noch keinen Stiefel naßgemacht, mit Heugabeln vom Parkdamm treiben lassen. Ja, das soll er, so wahr ich Unparteiischer bin.

Kurt. Außerdem werde ich den Burschen ganz unschädlich machen. Er ist mir Satisfaction schuldig, weigert sich aber sie zu geben. Ich will ihn nochmals fordern lassen, und stellt er sich auch nun nicht, so schieß' ich ihn nieder wie einen revierenden Bauernhund. Auf Wiedersehen, mein Werthester.

(Beide nach verschiedenen Seiten ab.)

Herzog (vortretend). Das scheint ein sauberer Ritter zu sein. Ich will doch sehen, wie weit er's treibt. Jedenfalls soll ihm die Intrigue nicht gelingen. Hoffentlich komme ich ihm bei dem Wasserbaudirector zuvor. (Ab.)

Dritter Auftritt.

Ganze Bühne. Strom- und Seeufer.

Fritz, mehrere Bauern und eine Menge Arbeiter. Später der Herzog.

Fritz. Nur immer rüstig, Kameraden! immer rüstig! Wenn wir recht fleißig sind, können wir des Wassers noch Meister werden.

Bauer. Diese Plage hätten wir nicht nöthig, wenn bei Zeiten dazu gethan worden wäre. Wenn die Herrschaft, wegen der wir uns plagen müssen, nur wenigstens ein Faß Bier anschroten ließe.

Fritz. Ihr seid ein Schwamm! Ich dächte, der Himmel gäbe Feuchtigkeit genug, um Euch vollzusaugen.

Herzog. (Tritt auf.) Liebe Leute, könnt Ihr mir sagen, wo ich den Wasserbaudirector finde?

Fritz. Der Herr Wasserbaudirector ist immer da zu finden, wo die Gefahr am größten. Gehen Sie nur dort hinüber nach dem Parkdamm.

Herzog. Sagt mir erst einmal, wie es zugegangen, daß man sich die Gefahr so über den Hals hat kommen lassen?

Fritz. Das will ich Ihnen wohl sagen, Herr. Das kommt daher, daß die paar Leute, die in den Schlössern hausen, mit dem Stand auch den Verstand allein haben wollen. Nun sie haben's auch darnach getrieben, daß den Leuten in den Hütten der Verstand ausging.

Herzog. Aber die Herrschaften hätten doch um ihrer selbst willen vorbeugen sollen!

Fritz. Ja — sehen Sie, Herr, — der Unverstand steckt an — sind die Unterthanen erst dumm, so wird's die Herrschaft bald auch. Eine solche Herrschaft sieht und thut ja wieder Alles durch die Augen und Hände ihrer Diener, die sie aus den Unterthanen nimmt

Herzog. Ihr seid doch auch ein hiesiger Unterthan —

Fritz. Und bin auch dumm genug gewesen, bis mich die Fremde geschult. Uebrigens giebt's Ausnahmen von jeder Regel, wie man an dem Herrn Wasserbaudirector sieht. Seht, Herr, dort kommt er gerade.

(Der Herzog tritt schnell in den Hintergrund.)

Vierter Auftritt.

Die Vorigen. Isidor. Neum. Bauern mit Arbeitsgeräthe.

Isidor. (Die Arbeit belebend.) Die Leute haben sich wirklich gerührt. — Brav, meine Freunde! Fahrt so fort! Bedenkt, es gilt, euer Hab und Gut, die Sicherheit eurer Weiber und Kinder. (Zu seiner Begleitung.) Seht ihr dort das Signal am Schönwalder Berg? Dort wird die Schleuße durchgebrochen; von da geht der Kanal dicht am Dorfe vorbei, unterhalb desselben durchschneidet er die Hügelkette und mündet unter den Stromschnellen in den Fluß.

Ein Bauer. Stellt uns nur an bei dem Werk, Herr Isidor! Wir wollen arbeiten, daß uns der Huf an den Händen fingerdick wird. Stellt uns nur an!

Die andern Bauern. Ja stellt uns nur an!

Isidor. (Zu den Arbeitern.) Vergeßt nicht auf die Signale Acht zu haben! So wie ein Schuß ertönt, verlaßt ihr augenblicklich die Arbeit und flüchtet auf den Berg. Eure Angehörigen habe ich schon dahin ziehen lassen. Auch Euer Vieh ist in Sicherheit gebracht. Ihr, Vetter Schulze, reitet schnell nach Untersee; sagt dem Schulzen dort, er solle alle Häuser räumen lassen, weder Weib noch Kind noch Greis soll er im Dorfe dulden, sondern alle lebenden Wesen auf die Höhen treiben. (Zu den Bauern.) Ihr folgt mir nach dem Park. Möglich, daß wir durch tüchtige Anstrengung dem Unheil noch vorbeugen, wenn kein Wolkenbruch geschieht. (Mit seinen Bauern nach der einen, der Schulze nach der andern Seite ab.)

Herzog. (Vortretend.) Euer Wasserbaudirector ist ein tüchtiger Mann. Thut Alles, was er sagt; ich verspreche jedem von Euch, der wacker arbeitet, einen Preis von hundert Thalern. Mit dem Wasserbaudirector seh' ich Euch wieder. (Will gehen, sieht aber Kurt kommen.) Da kommt der Junker mir wieder in den Weg — was sucht der hier? (Tritt auf die Seite.

Fünfter Auftritt.

Der Herzog (im Hintergrunde). **Fritz. Arbeiter. Kurt.** Später **Hochberg. Untersee.**

Kurt. Jetzt soll er mir nicht mehr entgehen! Irr' ich nicht, so führt er die Bauern nach dem Parkdamm. Hoffentlich bearbeitet jetzt unser Sachverständiger den Vetter, und dieser wird dem Maulwurf schon das Handwerk legen. (Will Isidor nach; aber Fritz tritt ihm mit einigen Arbeitern entgegen; sie umringen und schnüren ihn.)

Fritz (während des Schnürens):
  Wohl ist die Welt
  Nur dann bestellt,

Wenn jede Hand
In jedem Stand
Das Ihre thut
Und nimmer ruht.
Drum ist es Brauch,
Daß jeder Gauch,
Der seine Hand nicht schaffeud rührt,
Zum Beutelziehen wird geschnürt.

Kurt. Was soll mir das heißen! Fort mit den Possen!

Fritz. Das sind keine Possen — das ist fleißiger Werkleute Recht gegen Maulaffen.

Kurt. Ihr respectloses Pack! Kennt ihr mich nicht?

Alle Arbeiter (singen nach bekannter Weise):
Es ist ja kein Schlößlein so klein,
Es muß ein Junker drin sein.
Zieh, zieh, Junkerlein;
Thu' auf, thu' auf dein Beutelein
Zu einem frischen Trunke!

Kurt. Laßt los, ihr Schurken! Da ist Wasser ein ganzer See voll zu einem frischen Trunke Laßt los, oder ich laß' euch im Thurm so lange dürsten, bis euch die Zunge auf den Nabel hängt!

Ein Arbeiter. Was sagt das Junkerlein? Wasser aus dem See sollen wir trinken? Und das sagt er uns, deren Schulkamerad als herzoglicher Wasserbaudirector hier schaltet? Und schimpft uns Pack und Schurken? Und der herzogliche Wasserbaudirector ist unser Schulkamerad?

Zweiter Arbeiter. Ja, und hat uns seine lieben Freunde genannt, der Herr Wasserbaudirector — und wir wären Schurken und Pack?

Fritz. Und sollen wir allen Schmuz auf uns ruhen lassen, den eine solche Schloßdohle auf uns wirft?

Erster Arbeiter. Nein, wir sollen ihm das Schimpfen eintränken, wir sollen ihn für sein Pack packen und seinen frischen Trunk selbst verkosten lassen.

Fritz. Ja, zur Tränke mit ihm!

Alle (durcheinander.) Zur Tränke! zur Tränke! in die Maulwäsche! (Packen ihn.)

Kurt. Hilfe! Hilfe! Mörder! Räuber!

Hochberg-Untersee. (Herbeieilend.) Was ist das? Was heißt das? Mein Sohn!

Fritz. Es ist weiter nichts — wir wollen dem Herrlein nur ein wenig das ungewaschne Maul waschen

Hochberg-Untersee. Ich bin außer mir — ein unerhörtes Attentat! Augenblicklich entfernt eure unsaubern Hände von dem Fleisch und Blut eures Herrn, ihr Bösewichter! (Nimmt Kurt am Arm.) Komm, mein Sohn! ich werde die Bursche zur Verantwortung ziehen. Seht euch nur immer den Thurm da unten an; da sollt ihr bald bereuen, Hand an einen Hochberg gelegt zu haben. (Mit Kurt ab.)

Fritz. (Ihnen nachrufend.) Bange machen gilt nicht! Die Katze frißt die Maus nicht eher, bis sie sie hat!

Alle Arbeiter (lachen).

Sechster Auftritt.
Zimmer im Schlosse.
Der Haushofmeister allein.

Wasser! Wasser! Nichts als Wasser! Wasser in der Luft! Wasser auf der Erde! Wasser in den Augen der Weiber! Meine Susanne heult, weil sie denkt, ich mühle gegen die Herrschaft; die Jette greint, weil ich dem Gärtnerfritz den Staar gestochen, daß er ihr den Korb gegeben; die gnädige Frau weint, weil der Bruch zwischen Vater und Tochter nun erst recht in die Brüche kommt. Bei so viel Wasser soll Einem der Mund nicht wässrig werden nach einem herzhaften Schluck! (Trinkt aus einer angebrochenen Weinflasche.) Wundert mich, daß der unparteiische Wasserverständige so viel darin gelassen — aber was versteht auch ein Wasserverständiger vom Wein! Ich will mir nach dem Tode ein Faß Naumburger Schattenseite in den Hals trichtern lassen, wenn der Bergunterverständige ein Glas Grüneberger Schusterwein von einem Glas Burgunder zu unterscheiden weiß. (Trinkt die Flasche aus.) Hätte er nur auch von seiner Wasserweisheit so viel in seinem Hirnkasten gelassen! Hat den Alten wieder vollkommen verfohlt. Nun will ich nur sehen, wer zuletzt noch Recht behalten wird — wir oder das fuchsschwänzende Kleeblatt. (Tritt an das Fenster.) Das ganze Schloßpersonal ist gegen Isidor und seine Bauern ausgerückt, um sie vom Damm zu treiben.

Siebenter Auftritt.
Der Vorige. Arabella.

Arabella. Da bist du ja — ich fürchtete, du wärest auch mit ausgerückt zu der krähwinkler Expedition.

Haushofmeister. Nein, mein gnädiges Fräulein — es wird mir zu heiß zwischen zwei Feuern, obschon es jetzt an Wasser zum Löschen nicht fehlt. Wenn es nur uns allen nicht gar das Lebenslicht auslöscht, da der Wasserkopf von Sachverständigen den gnädigen Herrn aufs Neue gegen Ihren — ich will sagen: den Herrn Wasserbaudirector in Harnisch gebracht hat.

Arabella. Sei unbesorgt, Jean! Mein Wasserbaudirector wird

uns über alle Wassersnoth hinweg dirigiren. Er wird seine Positten behaupten. Man muß doch von hier aus nach dem Damm hinsehen können.
(Tritt mit Jean ans Fenster.)

Haushofmeister. Ja, Sie haben Recht, gnädiges Fräulein. So eben wirft ein Bauer unsern Oberverwalter rücklings den Damm herab; — unserm Jäger drischt ein anderer die Hucke voll, da giebt's auch in der Küche noch Wasser — Viktoria! der gnädige Herr muß zum Rückzug blasen; er reißt aus wie ein Kosak; die Bauern behaupten den Damm und unser Wasserbaudirector steht droben wie Napoleon bei Austerlitz!

Arabella. (Gröblich.) Jean! Wenn ich einmal heirathe, gehst du dann mit mir?

Haushofmeister. Nach Lapland, wenn's sein muß; ja ich wollte dort Ihr Rennthier sein, wenn Sie kein wirkliches hätten, und meine Susanne — nun die ists in einer Art schon einmal gewesen.

Arabella. Hoffentlich bleiben wir in Hochberg, oder doch im Lande — versprich mir nur, daß du deinen Humor nicht verlieren willst, wenn es in der nächsten Zeit hier etwas widerwärtig hergeht.

Haushofmeister. Und wenn das Wasser unserm Oberverwalter seinen ganzen Humus wegschwemmt, so soll es mir doch meinen Humor nicht wegspülen — vorausgesetzt, daß auch Sie wohlgemuth bleiben. So lange Sie lächeln, steht Ihrem alten Jean die Freudensonne immer im Mittag.

Arabella. Ich will wenigstens versuchen, alle Kummerwolken, die um mich her aufsteigen, zu zerstreuen. So eben habe ich einen Anfang damit gemacht. Aber zur Vollendung brauche ich deine Hilfe.

Haushofmeister. Befehlen Sie nur über mich, mein englisches Fräulein!

Arabella. Vorhin traf ich die Jette in Thränen. Ich fragte nach der Ursache; da warf sie sich mir zu Füßen und beschwor mich, sie mit ihrem Fritz wieder zu versöhnen. Er habe sie aus Eifersucht verstoßen —

Haushofmeister. Und das mit Recht! Sie hat sich von dem Junker Kurt Ohren und Finger vergolden lassen.

Arabella. Sie gestand mir Alles und gab mir diese Ringe und Brosche mit der Bitte, sie dem Junker zurück zugeben. Ich mußte das ablehnen, versprach ihr aber dafür zu sorgen, daß die Sachen sicher in seine Hände kommen Willst du dich dieser Commission unterziehen, und dem Junker sagen, die Jette verbitte sich jede fernere Annäherung von seiner Seite, widrigenfalls sie den Schutz ihrer Herrschaft gegen ihn anrufen werde? Später will ich dann die Versöhnung des wackern Burschen versuchen.

Haushofmeister. Sie sollen mit mir zufrieden sein.

Arabella. Ich gehe jetzt in den Park spazieren —

Haushofmeister. (Nach einem Blick durch's Fenster.) Dann kommen Sie nur dem Herrn Vater nicht in den Weg; der kommt wie eine Wetterwolke die Allee heraufgestürmt.

Arabella. Ich werde durch die Seitenpforte gehen. (Ab.)

Haushofmeister. (Die Schmucksachen betrachtend.) Da ist denn richtig der saubere Junker zum Zeus mit dem goldenen Regen geworden. Aber Danae hat sich in eine Magdalena verwandelt. — Also Korb Nr. 2 — ich will ihn an den Mann bringen, daß es eine Art hat.

Achter Auftritt.
Haushofmeister. Hochberg-Obersee.

Hochberg-Obersee. Die Welt geht aus den Fugen! Keine Autorität mehr! kein Gehorsam mehr! Diese Bauern — es ist unerhört, so lange das Haus Hochberg blüht — sie widersetzen sich meinem Befehl, sie gehorchen einem Emporkömmling und treiben die rechtmäßige Gewalt mit Gewalt zurück — die Rebellen! Und ich muß es geschehen lassen, wie ein Fremder auf meinem Dominium schaltet, als hätte ich aufgehört Herr zu sein! — Jean!

Haushofmeister. Ew. Gnaden?

Hochberg-Obersee. Rufe mir augenblicklich den Gerichtsdirector!

Haushofmeister. Zu Befehl, Ew. Gnaden. (geht.)

Hochberg-Obersee. Ich will doch sehen, wer hier Herr ist — Jean!

Haushofmeister. (stehen bleibend.) Ew. Gnaden?

Hochberg-Obersee. Wo ist meine Tochter?

Haushofmeister. So eben ging sie in den Park spazieren.

Hochberg-Obersee. Spazieren? Ha! das Spazieren kenne ich. Doch dem Handel soll ein Ende gemacht werden. — Jean!

Haushofmeister. Ew. Gnaden?

Hochberg-Obersee. Sag dem Kutscher, daß er sofort ein Geschirr bereit hält! Ich will dem frechen Plebejer die Freiin aus den Zähnen rücken. Das ungehorsame, entartete Kind! Augenblicklich soll sie heraufkommen und stracks nach Untersee. — Jean!

Haushofmeister. Ew. Gnaden?

Hochberg-Obersee. Meine Tochter soll unverzüglich vor mir erscheinen.

Haushofmeister. Zu Befehl, Ew. Gnaden. (will gehen, bleibt aber überlegend stehen.)

Hochberg-Obersee. Die Vettern sollen sie in ihre Hut nehmen, die Pflichtvergessene! Ach daß ich solche Schmach an meinem einzigen Kinde erleben muß! — Nun, was stehst du noch da, du Faulthier?

Haushofmeister. Ew. Gnaden haben mir da in einem Athem drei verschiedene Befehle gegeben; davon soll ich den einen augenblicklich, den andern sofort und den dritten unverzüglich vollziehen. Nun weiß ich nicht, was mehr ist: augenblicklich, sofort oder unverzüglich. Wollen Ew. Gnaden mir sagen, in welcher Reihenfolge ich die Befehle ausführen soll? Soll ich erst das gnädige Fräulein holen, oder das Geschirr rufen, oder den Gerichtsdirector anspannen lassen?

Hochberg-Obersee. O du Confusionsrath! Erst bring mir den Gerichtsdirector!

Haushofmeister. Zu Befehl, Ew. Gnaden. (will ab.)

Hochberg-Obersee. (Für sich.) Aber der Gerichtsdirector läuft mir nicht davon. (Zu Jean.) Jean!

Haushofmeister. Ew. Gnaden?

Hochberg-Obersee. Ruf mir erst meine Tochter!

Haushofmeister. Zu Befehl, Ew. Gnaden! (Will ab.)

Hochberg-Obersee. (Für sich.). Aber ist dem Kerl zu trauen? Steckt er nicht mit ihr unter Einer Decke? Er bringt sie mir sicher erst, nachdem sie ihr Rendezvous gehalten. — Jean!

Haushofmeister. (Unter der Thüre umkehrend.) Ew. Gnaden?

Hochberg-Obersee. Geh nur zum Kutscher und dann zum Gerichtsdirector. Ich will meine Tochter selbst suchen.

Haushofmeister. (Für sich.) O weh! (Laut.) Zu Befehl, Ew. Gnaden. (ab.)

Hochberg-Obersee. Weh' ihr, wenn ich sie wirklich tête-à-tête mit dem Reum treffe! (ab.)

Neunter Auftritt.

Park; an der Isisstatue.

Arabella. So — bis hierher und nicht weiter! Mit Riesengewalt zieht es mich zu ihm hin — aber ich gab der Mutter das Versprechen keine geheime Zusammenkunft mit ihm zu halten. — Ach, guter Jean — ich rühmte mich doch wohl zu sehr gegen dich — es will mich bedünken, als könne es bei mir auch noch zum Weinen kommen. (Läßt sich auf dem Sockel des Postaments nieder und späht zwischen den Bäumen hindurch.) Wer kommt da vom Damm her? Es ist ein Fremder — — aber — mich dünkt, den habe ich schon gesehen. — — Mein Gott! irre ich nicht, so ist es der Herzog! Er wollte ja hierher kommen. — Wo verberge ich mich, daß ich ihm nicht begegne? (Schlüpft hinter eine Taxuswand.)

Zehnter Auftritt.
Die Vorige. Der Herzog.

Herzog. Er nahm meine Warnung so kalt, so ruhig hin. Er hielt mir gar nicht Stand, sondern entschuldigte sich mit einem dringenden Geschäfte. Ich glaube das Geschäft zu kennen. Der alte Hochberg-Untersee ging gerade von ihm, als ich kam und ich hörte ihm noch sagen: also in 10 Minuten an der Isisstatue. Das ist hier — ein vortrefflicher Platz zu einem Rencontre. Ich werde es abwarten. Dort kommt der Vater mit dem saubern Sohn — sie dürfen mich nicht sehen. (Sucht sich einen Versteck im Gebüsch Arabella gegenüber.)

Elfter Auftritt.
Die Vorigen (versteckt.) Hochberg-Untersee. Kurt. Später Isidor.

Kurt. Du glaubst, er kommt?

Hochberg-Untersee. Er versprach, binnen 10 Minuten an der Statue der Isis zu sein

Kurt. Und Satisfaction zu geben?

Hochberg-Untersee. Darüber bin ich nicht recht klug aus ihm geworden. Er sagte, er werde kommen und sehen, was zu thun sei.

Kurt. Ich wette, er wird Flausen machen, der Herr vom Bleistift. Aber er soll mir nicht mit heiler Haut davonkommen, auf Ehre!

Hochberg-Untersee. Da kommt er schon.

Isidor. Da bin ich, meine Herren, nach unserer Verabredung. —

Hochberg-Untersee. Aber ohne Secundanten; ich bat Sie doch Ihren Conducteur mitzubringen.

Isidor. Der hat nothwendiger zu thun. Ich glaube auch, es werde dessen nicht bedürfen. Für alle Fälle vertraue ich auf Ihre Rechtlichkeit, Herr Baron.

Hochberg-Untersee. Viel Ehre. — Sie haben mir die Besorgung der Waffen überlassen — hier sind zwei gleiche geladene Pistolen, wählen Sie.

Isidor. Ich kann davon keinen Gebrauch machen, meine Herren. Wenn ich mich auf Ihre Forderung stellte, so geschah es nicht, weil ich in den Zweck derselben willigte, sondern weil ich ihn zu vereiteln hoffte. Ich will Ihnen hiermit feierlich erklären, daß es mir niemals in den Sinn gekommen Sie zu beleidigen; sollte ich aber wider Wissen und Willen Ihrer Ehre irgendwie zu nahe getreten sein, so bitte ich, es mir zu beweisen, und Sie sollen dann jede Genugthuung haben, die sich mit der Vernunft, den Staatsgesetzen und meinem Gewissen verträgt

Hochberg-Untersee. Zu solchen Auseinandersetzungen haben wir doch wahrlich kein Rencontre bestimmt. Hier wählen Sie!

Isidor. Ich wiederhole, daß ich keinen Gebrauch von Ihren Waffen machen werde. Ich würde die Grundsätze meines Lebens verläugnen, willigte ich in ein solches Verbrechen.

Kurt. Genug der Quäkerei! Stell uns auf die Mensur, Vater!

Arabella. (Behutsam aus ihrem Versteck an die Statue tretend.) Ich will doch sehen, wie weit die saubern Ritter den Unfug treiben werden.

Hochberg-Untersee. Fürchten Sie vielleicht, daß die Pistolen nicht gleiche Ladung haben?

Isidor. Sie lassen mir ja die Wahl.

Hochberg-Untersee. So wählen Sie, und bleiben Sie gleich hier an der Statue stehen.

Isidor. Aber, mein Herr —

Kurt. Nun kein Aber mehr — oder —

Hochberg-Untersee. Ich fordere Sie zum letzten Male auf zu wählen.

Isidor. Ich wähle nicht!

Kurt. (Heranspringend und ein Pistol ergreifend.) Ich will doch sehen! (Stellt sich Isidor gegenüber und erhebt sein Pistol.) Jetzt schießen Sie, oder ich schieße Sie nieder wie einen tollen Hund.

Herzog. (Für sich.) Ich will doch nicht glauben, daß dies wirklicher Ernst ist.

Hochberg-Untersee. Geschwind nehmen Sie — ich stehe sonst für Nichts.

Isidor. Ich muß es dem Cavaliersinn der Freiherren von Hochberg überlassen, ob Sie an einem wehrlosen Mann zum Mörder werden wollen. Wer weiß, ob dann nicht dieses Steinbild zum Denkstein des letzten Opfers würde, das einer barbarischen Standessitte gefallen.

Herzog. (Ein wenig vortretend, für sich) Edler, heldenmüthiger Mann!

Kurt. Auf die Seite, Vater! Ich halte mich nicht mehr. (Spannt den Hahn.)

Herzog. (Tritt schnell vor, aber wie er die gleichzeitig vortretende Arabella erblickt, bleibt er erstaunt stehen.)

Arabella. (Schnell vorspringend und dem Freiherrn das Pistol entreißend.) Das ist eine Büberei sonder Gleichen! (Spannt den Hahn und zielt auf Kurt.) Nun schieß, du moderner Ritter ohne Furcht und Tadel!

Kurt. (Zitternd die Waffe sinken lassend.) Aber — Cousinchen —

Arabella. Schieß, Erbärmlicher! Oder bei Gott, ich zeichne dich, daß du künftig deine Galanterien bei der Albernheit selbst nicht mehr an den Mann bringen sollst!

Zwölfter Auftritt.

Die Vorigen. Hochberg-Obersee. Haushofmeister. Später Fritz.

Hochberg-Obersee. Halt! Was geht hier wieder vor? Die letzten Sprößlinge des Hauses Hochberg in Waffen gegeneinander! Der Mann gegen ein Weib!

Arabella. Ein Bandit vor seiner Richterin — doch jetzt leg' ich das Richteramt in deine Hände, mein Vater!

Hochberg-Obersee. Schweig, Entartete! Die Unweiblichkeit paßt vortrefflich zur Unkindlichkeit. (Zu Hochberg-Untersee.) Sprich, Vetter, was gab es hier?

Herzog. (Vortretend.) Vergönnen Sie einem Unparteiischen das Wort. Ich war Zeuge des ganzen Auftritts. Ihre Tochter ist eine Heldin, um nicht zu sagen: Göttin, der Gerechtigkeit. Dieser aber (auf Kurt deutend) ist selbst für einen Banditen zu schlecht.

Hochberg-Untersee. Wer sind Sie? Was unterstehen Sie sich?

Herzog. (Seinen Mantel aufreißend, daß der Regentenstern auf seiner Brust sichtbar wird.) Ihr Souverain untersteht sich Gerechtigkeit zu üben.

Alle. (Theils erstaunt, theils erschrocken.) Seine Hoheit, der Herzog! —

Herzog. (Zu Hochberg-Untersee.) Ihre Strafe sei das durchbohrende Bewußtsein, der Vater eines ehrlosen Buben zu sein, den ich hiermit cum infamia aus dem Ehrenstande der Vaterlandsvertheidigung stoße. (Zu Hochberg-Obersee.) Hören Sie den Bericht Ihrer Tochter an, ich bürge für seine Wahrheit, und Sie werden mein Urtheil gerecht finden. (Zu Jsidor.) Sie, lieber Reum und (Zu Arabella.) Sie, liebes Fräulein, haben sich meiner höchsten Achtung, meiner Freundschaft werth gezeigt, reichen Sie mir Ihre Hand. (Schüttelt beiden die Hände und spricht leise mit ihnen.)

Haushofmeister. (Der bis jetzt im Hintergrunde gestanden, vortretend.) Da kann ich gleich auch meine Bestellung an den Mann bringen. (Zu Kurt.) Guten Tag, Sie ausgestoßener Vaterlandsvertheidiger. Da hat mich das Kammerkätzchen, die Jette, mit strömenden Thränen um der heiligen eilftausend Jungfrauen willen gebeten, Ihnen die Präsenter zurückzugeben, die Sie ihr aufgeschwatzt haben. Sie verbitte sich Ihre Zudringlichkeiten und werde, wenn Sie sie nicht verschonten, den Schutz ihrer Herrschaft dagegen anrufen. So, da sind die Präsenter. (Giebt sie dem Junker.)

Hochberg-Obersee. Blamage über Blamage! Pack dich aus meinen Augen, du Schandbube!

Hochberg-Untersee. (Zu Kurt.) Nun sieh: was du da angerichtet hast! Sagte ich dir nicht, du solltest an die Ahnin Brunhild denken? (Zu Hochberg-Obersee.) Herr Bruder, wir werden weiter mit einander sprechen, wenn du wieder bei ruhigem Blute bist (Mit Kurt ab.)

Haushofmeister. (Zu Hochberg-Obersee.) Der Kutscher kann nun wohl wieder ausspannen, Ew. Gnaden?

Hochberg-Obersee. Vor der Hand — ja!

Haushofmeister. Nun mögen die Gnädigsten in Untersee meinetwegen ersaufen — mein Engel bleibt da!

Dreizehnter Auftritt.

Die Vorigen ohne Hochberg-Untersee und Kurt. Später Fritz. Noch später der Jäger, der Oberverwalter, Bauern und Gesinde.

(Es wird ein ferner Kanonenschuß gehört.)

Herzog. Was war das?

Isidor. (ruhig.) Das war ein Warnungssignal von einer der Kanonen, die ich längs des Stromes habe aufstellen lassen. Wie es scheint, hat der Himmel sich in unser Werk gemischt. (Zu Hochberg-Obersee.) Herr Baron, ich hoffte Ihr Eigenthum und mein Heimathdorf noch vor dem drohenden Unheil zu bewahren — allein meine Vorsorge kommt bereits zu spät.

(Wieder ein Schuß. Sturmgeläute.)

Arabella. O großer Gott! — Vater — Jean — schnell zur Mutter, zu den Leuten! Daß alle sich retten!

Isidor. Ja, es ist jetzt nichts mehr zu thun als das Leben zu bergen. Sie scheinen noch zu zweifeln, Herr Baron?

Fritz. (Tritt auf.) Gott sei Dank, da sind Sie, Herr Director! Im Oberlande ist ein Wolkenbruch niedergegangen. Verheerend wälzt sich die Fluth thalab; es rette sich wer sein Leben liebt!

(Ein näherer Signalschuß. Verstärktes Sturmläuten.

Bauern. (Vom Damm herbeistürzend.) Rettet euch! rettet euch! — Unsere Weiber — unsere Kinder — o grauenvolle Noth!

Isidor. Den Kopf nicht verloren, meine Freunde! Ich habe ja eure Familien schon auf die Höhe ziehen lassen. Doch seht schnell im Dorfe nach, ob Jemand zurückgeblieben. Auf dem Burgberge treffen wir uns alle.

(Gesinde aus dem Schlosse eilt über die Bühne — der Jäger mit der Köchin.)

Jäger. Die Fluth kommt! die Fluth! rettet euch!

Hochberg-Obersee. Mein Weib! (Stürzt fort).

Arabella. (Zu Isidor.) Ich klammere mich an dich, du starker Fels! Du wirst auch meine Eltern nicht verlassen!

Isidor. (Zu den Fliehenden.) Rettet Euch auf den Burgberg. (Zum Herzog.) Ew. Hoheit, wenn ich bitten darf — (Zu Arabella.) Komm, meine Arabella!

Arabella. Komm, Jean! (Mit Isidor und dem Herzog ab.)

Oberverwalter. Wer hätte das gedacht und geahnt! Solch einer Sündfluth von einem Diluvium ist freilich kein Damm gewachsen. (Will weiter fliehen.)

Haushofmeister. (Hält ihn beim Rock.) Haltet doch, Herr Praktikus! s'ist ja nur weiches Wasser! Wollt Ihr Euer Vieh nun allein versaufen lassen? Marsch jetzt erst nach den Ställen und das arme Vieh gerettet — oder ich prügele Euch dergestalt und dermaßen praktisch durch, daß Ihr selbst weich wie Wasser werden sollt! (Zerrt den sich Sträubenden fort.)
(Signalschüsse.)

Vierzehnter Auftritt.
Burgberg mit der Ruine der Hochbergschen Stammburg.

Landvolk theils sitzend, theils stehend und der Ueberschwemmung zuschauend. Sturmläuten in der Ferne. Cordel. Reum. Später Hochberg-Obersee, die Freifrau und Arabella. Der Haushofmeister.

Cordel. Nur nicht verzagt, Ihr Leute! Lasset uns mit Hiob sprechen: Der Herr hat's gegeben, der Herr hat's genommen. —

Reum. (Auftretend.) So! im Dorfe ist kein lebendes Wesen mehr — vermißt hier Jemand eines seiner Angehörigen?

Cordel. Aus unserm Dorfe ist Alles da, Vater!

Reum. Gott Lob! so geht uns kein Menschenleben verloren. Auch in Untersee ist Alles auf die Höhen geflüchtet. — Welch ein Gräuel der Verwüstung!

Cordel. Unser Vetter Isidor ist noch nicht da — und unsere Herrschaft fehlt auch noch.

Reum. Um den Isidor ist mir nicht bange; vermuthlich bringt er sein Liebstes in Sicherheit. Die Andern kümmern mich nicht.

Cordel. Doch — wenigstens die gnädige Frau —

Reum. Wo die Tochter ist, da werden auch die Eltern sein.

Cordel. Da kommt die Herrschaft!

Arabella. (Kommt mit ihren Eltern.) So; hier können wir ohne Gefahr das furchtbare Ereigniß abwarten.

Freifrau. Welch ein Gericht Gottes!

Reum. (Zu Cordel.) Hörst du die Stimme des Gewissens?

Cordel. Die gnädige Frau hat's nicht verschuldet.

Arabella. Vater! Mutter! Schaut dort hinab! Schon steigt die Fluth über den Parkdamm!

Freifrau. Da stürzt sie — ein Riesenstrom über ein Gigantenwehr!

Arabella. Wo sind alle unsere Leute — wo ist unser Jean?

Haushofmeister. Da bin ich, mein gnädiges Fräulein. Ich habe mit dem Oberverwalter in aller Eile die Rinder herausgetrieben.

Dort drüben im Walde weiden sie, und da ist auch meine Susanne mit der ganzen Dienerschaft.

Hochberg-Obersee. Jetzt muß der Damm gerissen sein — der ganze See ergießt sich über den Park, stürzt sich wüthend auf unser schönes Schloß. O gräßlich! gräßlich! (Bedeckt das Gesicht mit beiden Händen.)

Reum. (Zu Cordel.) Alle Herrlichkeit aus unserm Schweiß bereitet, wird ein Raub des tobenden Elements!

Cordel. Dort kommt eine Brücke geschwommen!

Reum. Dort ein Haus!

Haushofmeister. Dort gar ein Stück Wald mit dem Mutterboden losgerissen!

Reum. Was ist doch des sündigen Hochmuths Dräuen gegen einen Augenblick, da der Zorn des Ewigen redet!

Cordel. Jetzt stürzen sich die Wasser über unser Dorf — o Gott! — o Gott!

Reum. Schon ist es verschlungen — bald wird keine Spur mehr von ihm zu sehen sein.

Bauern. (Im Hintergrunde, durcheinander.) Unsere Häuser — unser Hab und Gut — dahin ist Alles! — Weh über Die, so das Unheil verschuldet!

Hochberg-Obersee. Unser festes Schloß trotzt dem Elemente, der Schaden, den wir erleiden, wird sich ertragen lassen.

Arabella. Aber die armen Dorfbewohner werden alle zu Bettlern — und durch unsere Schuld. Die Gerechtigkeit gebietet, daß wir sie, so weit wir es vermögen, schadlos halten.

Hochberg-Obersee. Unsinnige! Daß wir selbst zu Bettlern werden! Wer kann für Naturereignisse!

Arabella. Dieser Katastrophe hätten wir vorbeugen können, hätten wir uns nur verständigem Rathe nicht widersetzt.

Funfzehnter Auftritt.

Die Vorigen. Bauern bringen den Freiherrn von Hochberg-Untersee und Kurt geschleppt. Später der Herzog und Isidor.

Hochberg-Untersee.
Kurt.   } Hilfe! Hilfe!

Hochberg-Obersee. Was giebt's da? Was macht ihr da?

Ein Bauer. Haltet uns nicht auf, wir üben Gerechtigkeit.

Zweiter Bauer. Die sind Schuld an unserm Unglück; sie sollen im Wasser umkommen, das sie über uns gebracht.

Arabella. Ihr werdet sie doch nicht morden wollen?

Erster Bauer. Gott bewahre! wir wollen sie blos zu den Fischen schicken; die mögen mit ihnen machen, was ihnen beliebt.

Hochberg-Obersee. Laßt die Herren in Ruhe, Ihr Bösewichter!

Zweiter Bauer. Oho! Der Herr hat wohl Lust, die nasse Reise mit zu machen? Verdient hat er sie. —

Bauern. (durcheinander) Ja, greift ihn! nehmt ihn! Er hat eben so viel Schuld, wie jene!

Freifrau und Arabella (den Freiherrn umschlingend.) Mein Gemahl! Mein Vater! Um Gotteswillen! Hilfe! Hilfe!

(Der Herzog und Isidor treten auf.)

Herzog. Wer ruft hier nach Hilfe? Wer bedarf der Hilfe?

Arabella. Dem Himmel sei Dank! O Hoheit — erbarmen Sie sich meines Vaters — die erzürnten Bauern wollen ihn und die Vettern ins Wasser stürzen.

Isidor. (heimlich zu den Bauern.) Laßet ab! Das ist der Herzog.

(Die Bauern weichen bestürzt zurück.)

Herzog. (Zu den Bauern.) Besänftigt euch; entweiht euer Unglück nicht durch niedere Rache! Euch soll Recht werden (Zu den Hochbergen.) Ihr seid schuld an dem furchtbaren Geschick, das über diese Gegend gekommen. Tausende von schuldlosen, fleißigen und ehrlichen Leuten sehen dadurch ihr Eigenthum zerstört. Es ist billig und recht, daß Ihr sie schadlos haltet. Wohlan! ihr besitzt noch unermeßliche Wälder, welche die Fluth verschonte; in ihnen die Mittel euern Grundholden Ersatz zu leisten; ich werde dafür sorgen, daß dies geschieht, und ich schwöre: ihr sollt nicht über einen Stamm in euern Forsten gebieten, bis nicht der letzte Rest euerer Schuld getilgt ist.

Die Bauern. Gelobt sei Gott! Er segne unsern gnädigen und gerechten Herzog! Unser Herzog, unser Vater hoch!

Alle. Hoch!

(Die Freiherren stehen zerknirscht.)

(Der Vorhang fällt.)

Dritter Aufzug.

Erster Auftritt.
Haushofmeister. Später Arabella.

Haushofmeister. So wollte ich aber doch gleich, daß alle Freiherren — doch nein! drei Schritte mir vom Leibe, du Kobold des Mißmuthes! Ich habe ja meinem gnädigen Fräulein vor zwei Jahren, am Tage der großen Fluth versprochen, meinen Humor nicht zu verlieren, so lange sie noch ein Lächeln auf dem Antlitz hat. Gott Lob, daß sie noch lächelt, das Himmelsgesicht! Drum wohlgemuth, alter Jean! Mag auch der Alte mit jedem Tage ein griesgrämigeres Gesicht machen, du kannst doch heiter singen wie eine Mailerche. (Singt.)
  Weg Gram und Widerwärtigkeit,
  Bleibt mir vom Leib drei Schritte weit!
  Ihr unterjocht nur einen Wicht,
  Den erst des Hochmuths Haber sticht.

Arabella. Recht so, mein guter Jean! Halt ihm tapfer Stand, dem bösen Geist, der durch diese Gemächer schreitet! Ich hörte, wie der Vater wieder einmal den Sack seines Unmuthes auf dich ausschüttete. Vergieb ihm — denke, daß es dem Starken und Gesunden allezeit wohl ansteht, mit dem Schwachen und Kranken Geduld zu haben. Was war denn eigentlich der Anlaß des vorigen Auftrittes?

Haushofmeister. Es war weiter gar nichts. Ich hatte im Vordergebäude die Fenster geöffnet, um die Zimmer einmal mit Frühlingsluft zu speisen. Dachte nicht, daß der gnädige Herr mir über den Hals kommen würde, da er sich ganz in die hintern Räume zurückgezogen. Aber wie ich so die liebe Himmelsluft einströmen lasse, tritt der Herr ein und braust mich an wie ein echter Novemberwind. Ich wisse, sagt' er, daß die Fenster nach dem Fluß verschlossen und verhangen bleiben sollten und gerade heute bei dem Spektakel über-

trete ich das Gebot, damit ja der ganze Teufelsjubel hereinbringen
könne. Er wisse aber schon, daß ich im Herzen mit dem Pöbel stimme,
er sei in seinem eigenen Schlosse von seinen eigenen Leuten verrathen
und verkauft. Ohne mein Zuthun erlebte er diese Schmach nicht, sagt' er;
da spiegelte sein Schloß sich noch in den Wellen des schönen Sees
und von dem Kanal wäre keine Rede, sagt' er.

Arabella. Wie ungerecht doch verletztes Vorurtheil macht!

Haushofmeister. Das war mir ein wenig zu viel, und ich
gab dem Herrn zur Antwort: Freilich habe ich dem Herrn Wasserbaudirector geholfen, wo ich konnte, und stolz wäre ich, könnte ich
sagen, ich hätte ihm auch das großartige Schleußenwerk bauen helfen,
das jeder Kundige, wenn auch nicht jeder Wasserverständige, als ein
Wunderwerk menschlicher Berechnung anstaunt. Ohne dieses Werk spiegelte
sich das Schloß wohl noch in den Wellen; aber dann läge auch das
reiche Kohlenlager noch unter den Wellen, das der Herr Wasserbaudirector entdeckt und wodurch die Finanzen Sr. Gnaden vor dem
Ruin bewahrt worden. So sagt' ich. Und damit waren wir wieder
einmal geschiedene Leute, wie wir's seit der Wasserfluth schon so
oft gewesen.

Arabella. Und die gute Mutter hat nun wieder die Mühe,-
Euch zu versöhnen. Du solltest mehr Nachsicht mit dem armen Vater
haben, solltest ihn eben mehr als Kranken betrachten. Deine Antwort
war etwas herb.

Haushofmeister. Ei gnädiges Fräulein — man ist eben auch
ein Mensch, dem's überläuft, wenn's im Brustkasten kocht. Ich hätte
mich solcher Antwort gegen meinem Herrn niemals unterstanden, wenn
ich nicht immer an Sie dächte. Seit dem Augenblicke, wo Ihr Herr
Liebster uns die Goldgrube im See zeigte, und ich nun dachte,
der alte Herr müsse nun endlich allen Groll gegen seinen Wohlthäter
fahren lassen; wo ich schon frohlockte: heisa! nun wird mein liebes
Fräulein auch glücklich! und ich den Papa doch noch an seinem Standes-
zopf festhangen sah — seitdem kann ich mir nicht helfen, daß ich nicht
manchmal recht rappelig bin auf den gnädigen Herrn.

Arabella. Sei es nicht mehr, guter Jean! Der arme Vater
leidet dabei doch am meisten — und er kann ja nichts für die ihm
anerzogenen Vorurtheile. Solche tiefgewurzelte Schäden sind auch
schwer auszumerzen, und wenn sich das Schicksal an ihre Heilung
macht, so geht es nicht ohne große Schmerzen ab. Vielleicht ist aber
die schwerste Krisis vorüber. Auf den heutigen Tag baue ich viel.
Wie möchte ich auch sonst so heiter sein in dem Kampf seiner schroffen
Gegensätze? Dort feiert der Geliebte seinen schönsten Triumph; hier
ärgert den Vater die Fliege an der Wand, weil er wähnt, sie nehme
Theil daran — fürwahr das ist keine Situation zum Lachen, und
dennoch bin ich wohlgemuth.

Haushofmeister. Das ist auch mein Herzenstrost — ja es ist oft ein helles Gaudium für meine alte Seele, daß Sie bei allen Widerwärtigkeiten so frisch und freudig in Ihrer Liebe stehen. Du mein Himmel! wenn ich mir da so manche andere junge Dame an Ihre Stelle denke — da würde die Eine längst am Liebesiechthum zu den Vätern gegangen sein, die Andere ihre Herzensfeigheit mit dem Heiligenschein der Entsagung geschmückt, die Dritte sich verpl — — wer weiß was für einen dummen Streich gemacht haben.

Arabella. Mein guter Jean, den wenigsten von meinen Geschlechtsgenossinnen steht in dem Geliebten eine so mächtige sittliche Stütze zur Seite wie mir.

Haushofmeister. Das macht's nicht aus, gnädiges Fräulein. Ich meine, der meiste Liebesjammer und Liebeskatzenjammer rührt daher, daß bei den jungen Damen Kopf und Herz nicht in der Wage stehen. Da ist entweder das Herz zu hastig, der Kopf zu träg; oder das Herz zu voll, der Kopf zu leer. Oft brennt's im Herzchen lichterloh, wenn's im Köpfchen aussieht wie in einer schöppenstädter Straßenlaterne bei Mondschein. Wär's nur in allen Mädchenköpfen so recht licht und klar, wie das Herz voll Feuer und Empfindung ist, und wären sie so resolut als verliebt, — ich glaube, die liebesiechen, entsagenden oder verplemperten alten Jungfern würden so rar wie jetzt die wilden Enten auf unsern Fluren sind. — Wie ich sehe, sind Sie zum Fest gerüstet — Sie werden also hinunter gehen?

Arabella. Wen geht das Fest näher an als mich? Der Mann meiner Seele sollte seinen Ehrentag nur wenige Schritte von hier feiern, und ich sollte nicht Zeuge sein? Diesen Triumph soll mir Niemand rauben.

Haushofmeister. Juchhe! Nun möchte ich gleich noch einmal hinein zum gnädigen Herrn, und mich recht tüchtig herunterreißen lassen. Eine ganze Sündfluth von Jeans Ehrentiteln wollte ich über mich ergehen lassen, ohne einen Mundwinkel zu verziehen — Horch! da geht die Thür! —

(Läßt die Kommende ein und geht ab.)

Zweiter Auftritt.
Arabella. Constanze.

Constanze. (Arabella an den Hals fliegend.) Da bin ich wieder einmal bei meiner verzauberten Prinzessin.

Arabella. Sei mir tausendmal willkommen, du Liebe! Daß du mich heute nicht sitzen lässest, will ich dir noch gedenken, wenn — —

Constanze. Nur heraus mit der Sprache! Wenn ich erlöst in meines Ritters Armen ruhe, willst du sagen. Das wird nun hoffentlich nicht lange mehr dauern; dein Vater wird doch den Mann nicht mehr zurückstoßen, den der Herzog wie seinen besten Freund hält; dem das ganze Land Dank und Bewunderung zollt?

Arabella. O wie selig machst du mich! Ach wenn du erst Alles wüßtest, was er gethan und gelitten — doch davon später einmal. Jetzt laß uns nur an die Freude des Tages uns hingeben! Die Stunde des Festanfanges ist ihrem Schlage nah; wir müssen uns tummeln, daß wir noch einen Platz bekommen. Komm, erfrische dich ein wenig und dann mitten hinein in das Gewimmel des Festes!

(Beide ab.)

Dritter Auftritt.

Hochberg-Obersee. Freifrau.

Hochberg-Obersee. Nein, das ist zu viel! Diesen Schimpf ertrag' ich nicht. Der Herzog bleibt hier über Nacht, kehrt in dem engen niedrigen Hause des Schulzen ein, und dreihundert Schritte davon steht das geräumige Schloß eines seiner ersten Vasallen, darin verschmäht er abzusteigen. Solche Ungnade hat noch kein Hochberg erfahren.

Freifrau. Aber, mein Freund, wie kannst du dich darüber so sehr betrüben? Sieh! es ist ja mehr über uns ergangen und wir haben's überstanden. Das Gericht, das der Himmel über uns verhing, hat wohl mehr zu sagen, als der Zorn eines Mächtigen dieser Erde. Lieber Freund! laß doch die Stimme nicht vergebens zu uns geredet haben, die aus jenen verheerenden Fluthen predigte. Unsere Hoffart wollte Gott brechen, zeigen wollte er uns unsere Ohnmacht, den Unwerth Dessen, worauf wir übergroßen Werth gelegt. Laß uns höhere Güter suchen; laß uns Liebe säen, Liebe pflanzen, dann wird rings um uns Liebe blühen und Gnade vom Himmel träufeln, die uns Menschengnade entbehrlich macht.

Hochberg-Obersee. Ich wollte, es wäre Alles zu Ende, und die Gruft meiner Ahnen umschlösse mein Gebein. Dann möchtest du meinetwegen thun, was du längst gewünscht — dann möchtest du deine Tochter dem Manne vermählen, der mir erst das Herz meines Kindes und dann die Gunst meines Fürsten stahl. Alles, Alles wollte ich verschmerzen, zürnte mir nur der Herzog nicht!

(Ein Kanonenschuß wird gehört.)

Horch! Das bedeutet den Anfang des Festes! Fort in meine hintersten Gemächer, daß ich nichts sehe noch höre von dem verhaßten Jubel!

(Beide ab.)

Vierter Auftritt.

Freier Platz vor dem Dorfe mit der Aussicht nach dem Kanal. Im Hintergrunde eine Appareille mit Ehrenpforte und Festons. Die sichtbaren Häuser des Dorfes prangen gleichfalls in Blumenschmuck. Wehende Flaggen auf den Dächern. Im Vordergrunde links eine Estrade mit thronartigen Sitzen.
Geputzte Bauern treten auf.

Erster Bauer. Wir sind die Ersten am Platz; der Schulze ist noch nicht einmal da.

Zweiter Bauer. Das ist kein Wunder; der hat heut' alle Hände voll zu thun. Den Landesherrn zu beherbergen, das ist keine Kleinigkeit.

Dritter Bauer. Und seine Gemahlin dazu und zwei Prinzeßlein — Kinder! das ist eine Ehre, die noch keinem Schulzen widerfahren —

Erster Bauer. Und auch so bald keinem wieder widerfahren wird.

Zweiter Bauer. Wir können uns 'was darauf zugut thun, wir Hochberger.

Dritter Bauer. Kind und Kindeskinder werden noch davon reden, daß der Landesherr bei uns im Dorfe übernachtet hat, obschon ganz nahe ein hochfreiherrlich Schloß gestanden.

Erster Bauer. Wie das den stolzen Freiherrn wurmen muß, daß der Landesherr seinen Bauern die Ehr' erzeigt und ihn selbst links liegen läßt —

Zweiter Bauer. Wie das Zicklein die Distel. Er wird's uns aber auch fühlen lassen, wo er kann.

Dritter Bauer. O er kann uns die Hagebutten schütteln! Gilt nicht unser Herr Landsmann beim Herzog mehr als ein Dutzend solcher Bauernschinder?

Erster Bauer. Ja so lange unser Landsmann, der Herr Wasserbaudirector lebt, kann uns der Freiherr die Engerlinge jagen. Und er ist noch jung, unser lieber Landsmann

Zweiter Bauer. Gott erhalte ihn lange, dem wir unsere Erhaltung verdanken!

Dritter Bauer. Ohne ihn — was wären wir heute? Bettler.

Erster Bauer. Da wäre alles Land umher noch heute halb See halb Sumpf, und wir ohne Obdach, vielleicht heimathlos.

Dritter Bauer. Und nun hausen wir wieder froh unterm Dach der Väter, und vor uns liegt eine weite Flur, die weniger Jahre Fleiß zu einer Segensaue für uns und unsere Kinder machen wird.

Erster Bauer. Ja, denn der Schloßherr kann uns darauf die Trespe verzehnten, aber keine Aehre.

Zweiter Bauer. Und der Kanal wird durch die Schiffahrt zehnfach unser Dorf beleben.

Erster Bauer. Ja eine neue Quelle des Wohlstandes wird dies Werk für uns sein — Brüder! unser Dorf wird man in zehn Jahren nicht mehr kennen.

Zweiter Bauer. Eine goldene Zeit bricht an für uns — wer nur noch lange leben dürfte!

Dritter Bauer. Genießen auch wir sie nicht, so kommt sie doch unsern Kindern zu gut.

Erster Bauer. Seh' ich recht, so kommt dort das Schloßfräulein. vom Schlosse herab, und weißgekleidet wie unsere Mädchen.

Dritter Bauer. Das glaub' ich schon; ist's doch ihr Liebster, dem der Festtag gilt. Der wünsch' ich alles Heil — die könnte mit ihrer Lieb' und Treu' ein Spiegel sein für jedes Bauermädel.

Zweiter Bauer. Dort stelzt auch der Gärtnerfritz mit seiner Jette vor dem Hofmeister her. Daß die noch ein Paar geworden, ist auch des Fräuleins Werk.

Erster Bauer. Ich wollte heut' nur eine Viertelstunde Herzog sein, da machte ich auch ein Paar fertig: unsern Herrn Landsmann und das Schloßfräulein.

(Signalschüsse.)

Fünfter Auftritt.

Die Vorigen. Reum. Cordel an der Spitze eines Zuges von Mädchen in weißen Kleidern mit Blumenkörbchen.

Reum. Da sind die Bauern schon — ja, die haben nicht wie ihr Schulze alle Hände voll zu thun.

Erster Bauer. Dafür haben wir auch nicht die Ehr' wie er.

Reum. Ich sag' euch, ich weiß nicht, wo mir der Kopf steht.

Dritter Bauer. Noch immer zwischen der rechten und linken Schulter, Gevatter. Aber nun seht, ob unsere Mädel sich nicht herausstaffirt haben wie 'was Rechtes.

Reum. Meine Cordel hat auch ihre liebe Noth damit gehabt. Nun ihr Jungfern, stellt euch auf! Bildet eine Gasse von der Ehrenpforte bis an den Thron! Du, Cordel, stellst dich mit dem Kissen dem Throne zunächst. Mache deinem Vater keine Schande!

Erster Bauer. Und ihr andern euern Vätern auch nicht! Ihr könnt euch 'was einbilden; solch Glück ward euern Müttern und Großmüttern nicht zu Theil, und wer weiß, ob's euern Kindern und Kindeskindern widerfährt. Aber reden werden sie davon, darauf verlaßt euch!

Dritter Bauer. Darum hebt euch hübsch 'raus! Nichts läßt ungen Dirnen schlechter als ein Katzenbuckel!

Sechster Auftritt.
Die Vorigen. Süßkuchen mit der Schuljugend.

Reum. Ihr, Cantor, bildet mit Euerm Heer Spalier hinter den Jungfern. Und bleibt nicht stecken mit Euerm Sermon — 's wär' eine ewige Schande für unser Dorf.

Süßkuchen. Als ob das die erste Rede wäre, die ich gehalten! (Zu seiner Jugend.) Nun, ihr Mädchen, stellt euch links, ihr Jungen rechts; steht stramm und gerad, wenn die Herrschaften kommen; kein Glied darf sich rühren; sie sollen sehen, daß ihr Disciplin habt!

Reum. Aber die Zunge ist auch ein Glied, das müßt ihr rühren beim Vivatschreien — da müßt ihr zeigen, daß ihr Kirmeßlungen habt.

Siebenter Auftritt.
Die Vorigen. Arabella und Constanze. Nach und nach Städter und Landleute beiderlei Geschlechts.

Arabella. (Tritt mit Constanze auf.) Wir kommen noch recht. — Guten Tag, liebe Leute!

Die Bauern. (Ziehen ihre Hüte.) Guten Tag, gnädiges Fräulein!

Arabella. Erlaubt auch uns am Feste theilzunehmen. Es findet sich wohl noch ein Plätzchen im Spalier.

Cordel. O gnädiges Fräulein — dann ziemt sich wohl für Sie der Vortritt und die Uebergabe des Festgedichtes.

Arabella. Nein, liebe Cordel. Sie sind die Würdigste hierzu. Die Hoheiten würden es auch übel vermerken, wenn nicht die holde Tochter ihres Wirthes ihnen den ersten Gruß darbrächte. (Stellt sich mit Constanze in die Gasse.)

Achter Auftritt.
Die Vorigen. Der Haushofmeister. Fritz und Jette.

Haushofmeister. (Dem mit ihm kommenden Paare die Hände schüttelnd.) So liebt und lebt euch nur rechtschaffen fort, Kinder — und bei dem Gevatterbrief bleibt's, das bitt' ich mir aus! (Jette fährt ihm mit dem Taschentuch über das Gesicht.) — Da ist mein Fräulein mitten unter den Dorfmädchen. Und ich sollte oben in dem alten Dohlennest hocken bleiben? Nein, wenn der gnädige Herr mich morgen von Hochberg nach Gaeta jagte, ich müßte dabei sein, wenn in jedem Aeuglein meines Lieblings ganze Weihnachtsbäume von Hoffnungs- und Freudenlichtern glänzen. (Zu den Bauern.) Hoffentlich habt ihr nichts dawider, wenn eine Kehle mehr in euerm Chore wirkt.

Reum. Ein wackerer Mann ist wackern Leuten stets willkommen.

(Schüttelt ihm die Hand.) Schön von Ihm, daß Er sich von unserm Ehrentag nicht zurückzieht.
(Viele Bauern schütteln Jean die Hand. Ganz nahe Kanonendonner. Glockengeläute.)

Süßkuchen. (Von der Appareille.) Sie kommen! sie kommen! Aufgepaßt!

Die Bauern bilden einen Halbkreis um den Thron. Festmarsch. Gondeln fahren an der Appareille vorbei. Eine besonders prächtige legt vor der Ehrenpforte an.

Neunter Auftritt.

Die Vorigen. Der Herzog. Die Herzogin. Zwei kleine Prinzessinnen. Isidor. Räthe. Hofbediente. Cavaliere. Schiffer.

Chor der Landleute.

Heil, Landesvater, dir,
Du hohe Demantzier,
Im Fürstenkranz!
Du Stolz der Glücklichen,
Du Trost der Traurigen,
Du Stern voll Glanz!

Der Unterdrückten Hort —
Recht ist dein Losungswort
Und Feldgeschrei
Licht ist dein Siegspannier,
Huld deine Wappenzier,
Dein Schild die Treu'.

Du streuest früh und spat
Der Volkserhebung Saat
Im Lande aus.
Willkür und Sklavensinn
Sie fliehen vor dir hin,
Zum Land hinaus.

Heil, Landesmutter, dir,
Du holde Rosenzier
Im Frauenkranz!
Liebend-belebende,
Segnend-erhebende
Fee unsers Land's.

Du immer blühend Herz
Von dem, was himmelwärts
Die Menschen zieht!

Hoch sei dein Bild verehrt
Wo nur am trauten Herd
Ein Flämmchen glüht.

Heil dir, du hohes Paar,
Dir jauchzt der Bürger Schaar:
Heil immerdar!
Heil dir, o Vaterland,
Dem Gott zum Wohl verband
Solch Herrscherpaar!

Während dieses Gesanges hat das fürstliche Paar den Thron bestiegen; Cordel ist vor ihm niedergekniet und hat das Kissen mit dem Festgedicht überreicht. Die Herzogin hat das Kissen ihren Kindern gegeben, die Knieende huldvoll aufgehoben und an ihre Seite gezogen, wo sie sich mit ihr unterhält.

Süßkuchen. (Vor den Thron tretend, im Predigerton.) Durchlauchtigster, Großmächtigster! Als auf des Ararat sich himmelangipfelnden Höhen die heilige Arche sich niederließ — die heilige Arche sich niederließ — hm — hm — sich niederließ — hm — —

Reum. (Zum Haushofmeister.) Da kommt der Esel doch aus dem Concept.

Herzog. Mein lieber Freund — es ist schon ein wenig lange her, seit die Arche Noah's sich niederließ — ich verarge es Ihrem Gedächtniß nicht, wenn es solchen alten Ballast im Angesicht der Küste einer schönen Zukunft über Bord wirft. Wenden wir uns dieser Küste, der holden Gegenwart, zu und freuen uns, daß wir hier wohlgeborgen auf lieber deutscher Erde im Trockenen sitzen. (Winkt Süßkuchen zum Abtreten.)

Reum. (Zu Jean.) Nun vergißt er in der Angst und Scham das Vivatrufen.

Haushofmeister. Unser gnädigster Herzog und seine Gemahlin sollen leben — Hoch!

Alle. Hoch! (Tusch.)

Haushofmeister. Und abermals Hoch!

Alle. Hoch! (Tusch.)

Isidor hat sich inzwischen Arabella genähert und sie auf die Seite gezogen, wo sie vertraulich flüstern.

Herzog. (Sich nach Isidor umschauend und ihn mit Arabella erblickend, zur Herzogin.) Die Liebenden will ich jetzt nicht stören, denn nur Gott kann Liebenden eine geraubte Minute des Glückes ersetzen. (Zum Volke.) Meine Lieben, wie soll ich euch danken für euern Gruß! Zu allen Freuden, die mir der heutige Tag gebracht, habt ihr die sinnigste gefügt: ein Lied, das mich und die theure Genossin meines Thrones hoch ehrt. Das Lied sagt mir, daß trotz der Mangelhaftigkeit meines Thuns die Gesinnung erkannt wird, aus der es fließt. Wohl ist es wahr: lang ist der Arm der Könige — doch kurz nur ist ihr Auge! Das kurze Auge

und der lange Arm, sie können — Ihr habt's erfahren müssen —
viel Unheil verschulden, wenn nicht ein offenes Ohr des Auges Mangel
ersetzt. So will ich denn, um Eurem Lobe nach Kräften zu entsprechen,
auf diesem Zuge mein Ohr keinem Munde verschließen, der mir sagen
will, was mein Auge nicht sieht. Wo demnach hier ein Trauernder
wäre, des Trostes bedürftig, oder ein Unterdrückter, suchend nach
Recht, oder sonst ein Hilfsbedürftiger, oder ein Freund der Wahrheit, gedrängt vom Geiste seines Fürsten ein freies Wort zu sagen,
der trete zu mir und rede.

Arabella. (Zu Isidor.) Der Augenblick ist günstig; Niemand, so
scheint's, macht von der hohen Gunst Gebrauch; ich zögere nicht.
(Geht auf den Thron zu und kniet vor dem Herzog nieder.) Wo solche Huld vom
Throne redet, da wird auch das schüchternste Herz zu kühnem Wort
ermuthigt. Ew. Hoheit zürnen meinem Vater und zwar mit Recht,
denn schwer verging er sich an Land und Leuten. Doch Sie kennen die
Macht des Vorurtheils, das mit der Muttermilch empfangen, sorgfältig gehütet und genährt in eines Menschen Brust sich festgewurzelt
und zum Baum emporgeschossen. Mein Vater ist nicht bös von Herzen,
er liebt das Recht, aber er übt es nur, wie er es durch des Vorurtheils gefärbte Brille erkennt. Ew. Hoheit sonnenklarer Blick sieht
freilich das echte Recht, Ihrer Gerechtigkeit Symbol ist nicht das kalte
Schwert der Trennung, sondern das heilge Feuer der Liebe. Aber
darum scheiden Sie auch, was Bosheit verbrach, von dem, was Irrthum sündigte, und lassen im letztern Falle gern Gnade für Recht
ergehen. So thun Sie denn auch meinem tiefgebeugten Vater —
verzeihen Sie ihm — erheben Sie ihn durch ein Zeichen neugeschenkter Huld.

Herzog. (Sie aufhebend.) Kein Christ ist, wer langsamer im Verzeihen, als im Zürnen; geschweige denn ein Christenfürst. Und wer
auf der Anmuth Flehen selbst nicht Gnade üben kann, dem gebt ein
Henkerbeil statt des Scepters in die Hand! — Hier, mein süßes
Kind, bringen Sie diese Dose mit meinem Bilde Ihrem Vater und
holen Sie mir ihn sammt Ihrer Mutter zum Feste.

Arabella. O, das ist mehr als fürstlich — das ist göttlich! Ich
eile zu meinem Vater, ihm neues Leben zu bringen — mein dankend
Herz bleibt hier zurück. (Ab.)

Herzog. (Zur Herzogin.) Ein braves Kind — und wie wunderhold!
Fürwahr eine bessere Wahl konnte unser wackrer Meister nicht treffen.
(Winkt Isidor zu sich.) Zu mir, mein Freund! (Zu dem Volke, sich erhebend.) Da
Niemand weiter naht, so will ich jetzt mit unserm Baumeister sein Werk
in näbern Augenschein nehmen, um dessen ganze Bedeutung zu erkennen. Statt meiner setze sich die Freude auf den Thron und schwinge
über euch ihr Blumenscepter. (Verläßt mit seiner Familie den Thron und will sich
mit ihr und Isidor entfernen; da erblickt er den Haushofmeister und bleibt stehen.) Ei, sieh

da! ist das nicht der brave Mann, der sich so treu auf unseres Meisters und seines Liebchens Seite gehalten?

Haushofmeister. Ich bin der alte Hausbüffel vom Schlosse oben, der sich für sein gnädiges Fräulein und ihren Liebsten todtschlagen ließe, wenn's sein müßte, Ew. Hoheit!

Herzog. Was ich von Euch gehört habe, hat in mir den Wunsch erregt, Euch an meine Person zu fesseln. Wie wäre es, wenn Ihr die Stelle, die Ihr da oben so lange treu versehen, bei mir verwaltetet? Ich will Euch zum Kastellan meiner Sommerresidenz machen.

Haushofmeister. Ach — Ew. Hoheit — diese Gnade — ich verdiene sie ja gar nicht. Sehen Sie, allergnädigster Herr, — ich bin ein alter, steifer, pumpliger Kerl, — ich kann kaum meinem Freiherrn droben etwas recht machen, geschweige denn einem Herzog.

Herzog. Ich kenne meine Leute auf den ersten Blick; Ihr wäret mir gerade der rechte Mann. Aber vielleicht wollt Ihr aus Anhänglichkeit nicht von Eurer Herrschaft fort?

Haushofmeister. Gerade herausgesagt, Ew. Hoheit — das ist's! Ich mag mein Fräulein nicht verlassen. Mein Weib hat's gesäugt, ich hab's auf meinen Händen getragen, auf meinen Knien geschaukelt, sah's unter meinen Augen sprossen und knospen und blühen, und lieb und herrlich werden — da ist mir's gar an's Herz gewachsen, ich kann nicht sagen wie! Und ich hab' ihr auch versprochen bei ihr zu bleiben, so lang' ich Hand und Fuß noch rühren kann.

Herzog. Ehrlicher, guter Alter! Fern sei es von mir, das Band solcher Treue lösen zu wollen. Bleibt nur bei Eurem lieben Fräulein; für mich muß sich ein anderer Weg finden, Euch zu belohnen. Heute seid Ihr mit mir des Schulzen Gast, dabei bleibt es. (Ab.)

(Einige aus seinem Gefolge, Reum und Isidor folgen ihm.)

Haushofmeister. (Blickt dem Herzog in freudiger Rührung nach.) Ist es doch, als wäre der liebe Herrgott selbst auf die Erde herabgekommen und hätte einen Herzogsrock angezogen. Solche echte Gnade! O da könnte Mancher lernen, was Gnade ist, Mancher, der sich gnädigst und gar allergnädigst schimpfen läßt. — (Pause. Plötzlich sich vor die Stirn schlagend.) Dummkopf, der ich bin! Konnt' ich nicht für mein Liebespaar ein Wort sprechen? Der Herzog kann ja aus jedem Nußknacker einen Baron machen, wenn er will, geschweige aus einem Mann, dem unser Herrgott den Adelsbrief in die Seele geschrieben. O Jean! alter Jean! Wo hast du deinen Witz gehabt! Hast ja sonst immer ein kotteriges Mundwerk — und hier, wo ein Wort von dir ein Gotteslohn verdient hätte, hast du eine Zunge wie ein Wallfisch! O Bileam! Ich werde in Zukunft kein Langohr mehr sehen können ohne feuerroth zu werden! — Doch die Gnade des Herzogs ist kein Frosch, der davon hüpft, ich finde wohl heute noch Gelegenheit, mein Wort an den Mann zu bringen. (Zu den Bauern, die ihn anstieren.) Ei der Tausend, ihr Leute! Was steht ihr denn da, wie die Stillen im Lande vor einer angefußten Seele! Habt ihr nicht gehört, wen der Herzog zur Reichsverweserin ernannt? Die Freude, die helle liebe Gottesfreude soll regieren! So freut euch doch! Aufgespielt, ihr Musikanten! Ihr Bursche und Mädchen von Hochberg zeigt den Herrschaften aus der Stadt, daß es euch unter Brustlatz und Mieder nicht am Besten fehlt! Laßt uns eins singen, damit man hört, daß wir nicht Stiefunterthanen der Frau Freude sind!

Bursche und Mädchen. Die Freude soll leben! Der Freude ein Lied!

Haushofmeister. Da giebt's nur eins auf Erden, und das können auch die Herren aus der Stadt — das Hohelied von Schiller. (Stimmt an und alle singen mit:)

    Freude, schöner Götterfunken,
      Tochter aus Elysium,
    Wir betreten freudetrunken,
      Himmlische, dein Heiligthum.
    Deine Zauber binden wieder,
      Was die Mode streng getheilt;
    Alle Menschen werden Brüder,
      Wo dein sanfter Flügel weilt.

Chor.   Seid umschlungen, Millionen!
      Diesen Kuß der ganzen Welt!
    Brüder — überm Sternenzelt
    Muß ein lieber Vater wohnen.

    Wem der große Wurf gelungen,
      Eines Freundes Freund zu sein,
    Wer ein holdes Weib errungen,
      Mische seinen Jubel ein!
    Ja — wer auch nur eine Seele
      Sein nennt auf dem Erdenrund!
    Und, wer's nie gekonnt, der stehle
      Weinend sich aus diesem Bund.

Chor.   Was den großen Ring bewohnet,
      Huldige der Sympathie!
    Zu den Sternen leitet sie,
    Wo der Unbekannte thronet.

    Freude trinken alle Wesen
      An den Brüsten der Natur;
    Alle Guten, alle Bösen
      Folgen ihrer Rosenspur.

Küsse gab sie uns und Reben,
  Einen Freund, geprüft im Tod;
Wollust ward dem Wurm gegeben,
  Und der Cherub steht vor Gott.

Chor. Ihr stürzt nieder, Millionen?
  Ahnest du den Schöpfer, Welt?
  Such' ihn überm Sternenzelt!
Ueber Sternen muß er wohnen.

Freude heißt die starke Feder
  In der ewigen Natur.
Freude, Freude treibt die Räder
  In der großen Weltenuhr.
Blumen lockt sie aus den Keimen,
  Sonnen aus dem Firmament,
Sphären rollt sie in den Räumen,
  Die des Sehers Rohr nicht kennt.

Chor. Froh, wie seine Sonnen fliegen
  Durch des Himmels prächt'gen Plan,
  Laufet, Brüder, eure Bahn,
Freudig, wie ein Held zum Siegen.

Während des letzten Verses tritt der Herzog mit seiner Begleitung im Hintergrunde auf und hört dem Gesange zu. Am Schlusse umschlingen sich die Singenden paarweise; darauf allgemeine jubelnde Umarmung zwischen den untereinander gemischten Stadt- und Landbewohnern.

Herzog. (Vortretend.) So ist's recht; so feiert ihr würdig diesen Tag. Es umarmt der Hofmann den Bauer, der Bürger den Cavalier, der bunte Rock den schlichten. So soll's in meinem Lande sein, brüderlich sollen alle Stände sich umarmen, dem Einen Zweck der schönen Menschlichkeit dienend sollen sie einander die Hände in traulicher Eintracht reichen, in allem Reinmenschlichen einander gleich achten — dann wird der Staat, dessen Haupt ich bin, ein gesunder, kräftiger Gliedbau sein.

(Arabella tritt mit ihrem Vater auf.)

Alles aber wird faul im Staate, wo ein Stand über den andern sich selbstsüchtig erhebt. (Besteigt mit der Herzogin wieder den Thron.) Wie wenig Ursach ein Stand hat dem andern vorzugreifen, das lehrt das Werk, das wir heute weihen. Ein herrliches Denkmal mächtiger Geisteskraft steht es da, eine Segensquelle für Tausende, eine Zierde des Vaterlandes. Und welchem Mutterboden entsproßte es? Wo erblühte das Haupt, in dem der schaffende Gedanke keimte? War's eine stolze Ritterburg; oder der Prunkpalast eines Börsenfürsten; oder selbst ein Herzogsschloß, wo seine Wiege stand? O nein, dort drüben könnt ihr es sehen das Dach, das sie schirmte — eine niedere Hütte gab dem Vaterlande den Meister eines seiner besten Werke. Jahrhunderte lang war der wilde Strom mit seinem regellosen Lauf und seinen oft aus den Ufern tretenden Fluthen ein Gegenstand des Schreckens für das Land, der ernsten Sorge für die Krone! Noch ist die fürchterlichste seiner Heimsuchungen im frischen Angedenken aller, zumal hier, am Brennpunkt ihrer Wuth — da standen zwei Schlösser eines altberühmten Hauses, kein Stammbaum im Lande kann sich höhern Alters und fleckenloseren Schildes rühmen — was fragte der entfesselte Wasserlöwe nach des Stammbaumes hohen Jahren, nach des Schildes blendendem Glanze? Wie ein Rohr zerknickte er den Baum, wie eine Kohle erlosch vor ihm der Glanz, und er stürmte dahin im gewaltigen Siegerschritt, eine ungeheure Geisel Gottes. Und diese Geisel drohete uns noch, hätte nicht der Blitz des Genius in einem sinnenden Menschenhaupte die rettende That entzündet. Darum hinweg mit allem Standestrotz! hinweg mit allem Pochen auf Rang und Gut und Ahnen! Höher hinauf den Blick gerichtet: zu dem eingebornen Lichtwesen der nach Gottes Bilde Geschaffenen, zu der erhabenen Würde des Menschengeistes! — Und nun werde an der Stätte, wo er einst als Knabe die Herde geweidet, unserm Meister der Dank des Vaterlandes dargebracht. (Er winkt Isidor zu sich.)

Isidor. Ihre Zufriedenheit, erlauchtes Herrscherpaar, und meiner Mitbürger Segen ist mir überreicher Dank, wenn Einer Dank verdient für das, was er gethan, weil er nicht anders konnte.

Herzogin. (Winkt ihrem Kammerherrn, der ihr einen silbernen Lorbeerkranz mit einem Dokumente überreicht. Sich erhebend.) Wehe dem Lande, das seine verdienten Männer zu lohnen säumig ist! Von unserm Lande bleibe solche Schmach stets fern! Hier, werther Meister, diese Brügerkrone setzt Ihnen durch mich das dankbare Vaterland auf's Haupt. (Setzt ihm den Kranz auf.) und fügt dazu die Schenkungsurkunde über Gut und Schloß Schönwald. Genießen Sie diesen Besitz so froh, als Sie die Krone würdig tragen.

Isidor. O hohe Frau — dies Uebermaß von Huld drückt mich zu Boden.

Herzog. Billig hatte das Vaterland den Vortritt in der schönen Pflicht des Dankes. Wie soll der Fürst nun dem gleichen Drang genügen? Mit kaltem Ordensstern? Mit einem Titel? Das sind keine Gaben für das Herz — und es möchte das Herz dem Herzen lohnen. Mein armer Kopf läßt treulos das warme Herz im Stiche. Ist Niemand hier, der ihm zu Hilfe kommen mag? —

Haushofmeister. (Für sich) Wenn ich nur reden dürfte — — (Zur Freifrau in's Ohr.) Gnädige Frau — thun Sie ein Uebriges — schmieden Sie das Eisen, weil es warm ist —

Freifrau. (Zu Jean.) Du hast Recht — ich danke dir. (Zum Freiherrn.) Mein Freund, jetzt können wir der so unverhofft erfahrenen Huld uns würdig machen — laß uns dem Herzog die Hand unserer Tochter zur Verfügung stellen.

Hochberg-Obersee. (Zu Arabella.) Ja, komm, mein Kind! Du gabst mir neues Leben. (Nimmt Arabella mit seiner Gattin in die Mitte und führt sie vor den Herzog.) Aus dem Zeichen der Verzeihung, das Ew. Hoheit mir gesandt, schöpf' ich die Kühnheit, Ihnen mein einziges Kind als den Preis zu bezeichnen, den Sie suchen.

Haushofmeister. Gott sei gepriesen — jetzt läßt der Stand den Verstand frei!

Herzog. Bei Gott! mein lieber Hochberg — einen herrlicheren Preis könnte mir Niemand rathen, geschweige denn liefern — ich nehme Ihr Erbieten an. (Erhebt sich und faßt Arabella's Hand. Zu Isidor.) Sie müssen ja doch eine Hausfrau haben für das Haus, das Ihnen das Vaterland verliehen — nehmen Sie diese aus Ihres Fürsten Hand. (Legt beider Hände ineinander.)

Isidor. O Hoheit — himmlisches Glück!

Arabella. (Umarmt ihre Eltern.)

Herzog. Nun singt noch einmal: Seid umschlungen, Millionen!

Haushofmeister. Ach könnt' ich doch die ganze Welt umklaftern!

Alle (singen). Seid umschlungen Millionen ꝛc

Die beiden Liebenden halten sich mit den Eltern umschlungen. Der Herzog mit den Seinen. Ihrem Beispiel folgt Alles nach. Unter dem Verhallen des Gesanges fällt der Vorhang.

Ende.